英語句型結構
English Sentence Patterns

張善營｜著

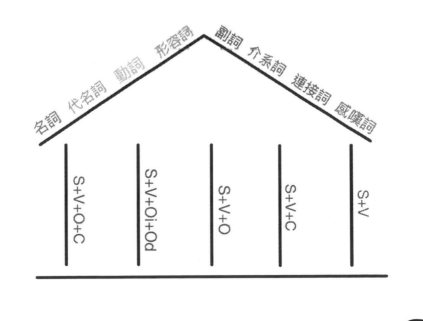

自序

　　本書專為國、高中生所編撰，適用範圍包含大專生及社會自修人士，只要讀者略具英文法常識，懂得什麼是傳統八大詞類（名詞、代名詞、動詞、形容詞、副詞、介系詞、連接詞、感嘆詞），什麼是單字、片語（兩個或以上的單字組合在一起，未構成句子）或子句（有連接詞、主詞、動詞，附著在句子裡面的小句子），便可詳閱此書，無師自通。

　　上列的基本文法若還沒概念，坊間此類書籍多如牛毛，同學可先挑本淺顯易懂的自習，瞭解了這些基本概念後，再讀此書，便會發現，原來學會英文是很簡單的。

　　閱讀此書，可從頭讀起，也可參照目錄，直接進入能幫助同學解惑的章節；此外，由於本書旨在提供同學釐清觀念、迅速理解，其功能類似字典，因此，在章節末了並未加入習題，日後倘若同學們認為有此必要，自當從善如流，增添練習於增訂版中。

　　本書內容皆取材作者多年之學習經驗與教學心得，故編撰此書時不只以教師的角度編寫，更借鏡國人學習英文普遍痛點，以免同學們再次重蹈前人覆轍；在則，文內說明均力求詳盡並口語化，時而穿插詼諧、輕鬆的口吻，讓同學們在閱讀此書時，猶如置身講堂，聆聽老師妙語如珠之精闢解說，因此，只要同學們用心研讀，自有如沐春風之感，收豁然開朗之效，閱讀樂趣自會油然而生，假以時日，定獲事半功倍之果。

最後，本書雖經多次校對、修訂，又承愛女張奕安於赴美進修前撥冗細心校正，倉促付梓，恐有疏謬，還望各方家不吝指正。

張善營

目錄

英語句型結構
English Sentence Patterns

目錄

英語句型結構
English Sentence Patterns

第一章、前言

為正本清源，我們先澄清幾個國人學習英文常有的錯誤觀念：

1. 無所不見的冠詞

習慣上我們會說八大詞類，這中間少了冠詞（定冠詞「the」與不定冠詞「a」），有些人把它歸類在形容詞裡，認為它總是放在名詞前，其功能應與形容詞無異，所以自然就認為它是形容詞的一分子。實際上，依照英文語言學的分類，冠詞是獨立出來的，它被稱為<u>限定詞</u>（Determiner），這個詞類非常偉大，在英文句子裡幾乎無所不見，許多國人學英文卻忽略了它的重要性，下筆時會寫出像下列的句子出來：

(1) Teacher said we had to hand in our homework tomorrow.（？）
（老師說我們明天必須繳交功課。）

錯在哪裡看出來了沒？中文說「老師說」，英文就直譯「Teacher said」，完全忽略了限定詞的存在了，這是中了中文的圈套，只是用英文單字在說中文而已。該說：

(2) **The** teacher said we had to hand in our homework tomorrow.
（老師說我們明天必須繳交功課。）

有了定冠詞 The，才限定了對象（這位老師大家一定認得，指得就是要我們明天繳交功課的老師，不會是其他老師），

又如：

(3) She is a my good friend.（？）
　　（她是一位我的好友。）

　　這句又錯在哪兒呢？顯然又再次掉入中文的圈套了，中文的「一位我的好友」的觀念又直譯成英文「a my good friend」了，這些都是英文法所不允許（冠詞與所有格是不能同時並列在名詞前的）。所以這句該說成：

(4) She is **a good friend of mine**.
　　（她是一位我的好友。）

2. 冠詞用法常犯錯誤

現在，同學們應該都知道冠詞的重要性了，接下來要提出幾個冠詞用法常犯的錯誤：

2.1 普通名詞與冠詞

請同學們務必牢記，英文的普通名詞（Common Noun）是永遠不可能以單數形單獨存在於句中的（例外先不提），這是國人學英文的通病，大概都是受我們母語的影響，這在中文是沒有問題的，如「我愛吃蘋果」，這句中文人人都懂，也沒有語病。如果把它直譯成英文「I love to eat apple.」，那就出了大問題了，又如「蜘蛛不是昆蟲」這句中文，把它直譯成英文「Spider is not insect.」有錯嗎？當然錯啦，apple（蘋果）、spider（蜘蛛）、insect（昆蟲）都是普通名詞，它們都不允許以單數形單獨出現在句子裡，所以，這兩句話的英文應寫成：

(1) I love to eat **apples**.

（我愛吃蘋果。）

(2) **A spider** is not **an insect**.

（蜘蛛不是昆蟲。）

也就是該用「總稱」的方式來表示。所謂「總稱」，就是「凡是…就…」、或「所有…都…」的含義。像上面的第一個例句（I love to eat **apples**. 我愛吃蘋果），表達的意思就是「凡是蘋果我就愛吃」，管它是青蘋果、紅蘋果…等。例(2)（**A spider** is not **an insect**. 蜘蛛不是昆蟲）的含義就是「所有的蜘蛛都不是昆蟲」，管它是什麼類型的蜘蛛。

該給「總稱」下個結論了，英文「總稱」的表達方式有三種，我們就以「鯨魚是哺乳類動物」爲例，這句話譯成英文可以有下列三種方式：

(3) **Whales** are **mammals**.

(4) **A whale** is **a mammal**.

(5) **The whale** is **a mammal**.

也就是，可以用複數名詞表示，如例(3)，也可以用不定冠詞後接單數名詞表示，如例(4)，當然，定冠詞後接單數名詞也可以，如例(5)的 The whale，不過，因爲定冠詞大多用在特定對象，所以例(5)的寫法較少見。

所以，再有機會表達「蝙蝠不是鳥」時，不會說成「Bat is not bird.」了吧？

2.2 偉大的定冠詞

定冠詞 the 在很多場合中文是譯不出來的，可是英文卻常非有它不可，如下列各句：

(1) The painting looks like <u>the work</u> of Mr. Lee's.
（這幅畫看起來像是李先生的<u>作品</u>。）

(2) <u>The sleeping habits</u> of some animals are quite different from those of humans.
（有些動物的<u>睡眠習慣</u>與人類是大不相同的。）

(3) She often refreshes <u>the screen</u> of Instagram on her smartphone in order not to miss something.
（她常更新手機上 IG 的<u>畫面</u>以免錯過某些訊息。）

(4) Marriage is <u>the perfect way</u> to find out who the other person really is.
（婚姻是發覺另一半德性的<u>最佳方式</u>。）

上面這四句英文劃<u>重點線</u>處之名詞前都有定冠詞 the，關鍵就在於它們後面都帶有修飾語（形容詞片語），像例(1)的 of Mr. Lee's（李先生的）、例(2)的 of some animals（有些動物的）、例(3)的 of Instagram on her smartphone（她手機上 IG 的）及例(4)的 to find out who the other person really is（發覺另一半德性的）；也就是說，這些名詞都被這些修飾語給<u>限定</u>住了，所以，自然要有定冠詞 the 來指明這些<u>特定</u>對象，而中文卻是不須（也無法）譯出的。再看下面這句：

(5) About half of <u>the people</u> who had been polled said that they were against the reform.
（接受民調的<u>人</u>當中大約一半反對這項改革。）

同學們有沒有看出來 people 這個名詞前為什麼要有定冠詞 the 了嗎（這個定冠詞中文是譯不出來的）？因為它後面帶有形容詞子句 who had been polled，換句話說，它被這個形容詞子句給限定住了，指的只有接受民調的這些人，自然屬於特定對象，當然要有 the 囉！

2.3 「a」或「the」？

剛剛在第 2.1 節提到，普通名詞的單數形是不能單獨存在於句中的，前面必須有冠詞「a」或「the」。第 2.2 節也談到定冠詞「the」的重要性，那麼，到底什麼時候該用不定冠詞「a」，什麼時候該用定冠詞「the」呢？我們先把名詞概分為可數跟不可數名詞兩種，撇開不可數名詞不談（因為不可數名詞前面不會出現不定冠詞「a」），就可數名詞而言，首先，表「總稱」的概念時，名詞前放「a」或「the」都可以，這個我們在第 2.1 節已詳細說明，就不再贅述了。再來，如果是表示特定對象時，不管這個可數名詞是單數或複數，當然要用定冠詞「the」，這個重要的觀念我們在第 2.2 節也已談過，這邊也就不提了，現在我們要討論的是，如果碰到單數可數名詞，又不是前述的兩種場合，究竟該用不定冠詞「a」，或用定冠詞「the」呢？很簡單，同學們先記住一個概念：第一次提到某個單數可數名詞時，先用不定冠詞「a」，第二次以後再提到這個相同的單數可數名詞時，就得用定冠詞「the」了（已經變成「特定」的對象啦）。如：

(1) I saw a cat and a dog in the park. The cat is brown, and the dog is black.
（我在公園裡看到一隻貓和一條狗。貓是咖啡色的，狗是黑色的。）

第一次提到，說 <u>a cat</u>、<u>a dog</u>，再提到時，就說 <u>The cat</u>、<u>the dog</u>，因為，這貓、狗已經成為「特定」的對象了，也就是說，第二句裡頭提到咖啡色的貓和黑色的狗不是別的貓、狗，就是第一句話所說的在公園裡看到的貓、狗。我們再舉一例：

(2) There is <u>a book</u> and <u>a dictionary</u> on the desk. <u>The book</u> is mine, and <u>the dictionary</u> is Anne's.
（桌上有本書和字典。書是我的，字典是 Anne 的。）

第二句提到的書（<u>The book</u>）、字典（<u>the dictionary</u>），當然就是第一句話所說的放在桌上的書（<u>a book</u>）和字典（<u>a dictionary</u>）囉！

除上述外，還有一種情況，雖是第一次提到某個單數可數名詞，我們卻必須用定冠詞「the」，而不用不定冠詞「a」（腦筋急轉彎了沒？），那就是：當你說出這個名詞時，聽你話的人立馬就知道這個名詞指的是什麼，也就是說，你們心裡想的是同一對象，此時就得用定冠詞「the」了（「特定」的對象嘛）。如：

(3) Mom is cooking in <u>the kitchen</u>.
（媽咪正在廚房燒菜。）

這廚房（<u>the kitchen</u>）當然是你家裡的廚房，不會是別人家的廚房，說話者跟聽話者想的肯定是同一對象。所以，即使是第一次提，也必須用定冠詞「the」。再如：

(4) Tom often studies in <u>the library</u> in town on weekends.
（Tom 週末常在鎮上的圖書館唸書。）

鎮上只有一座圖書館，說話者說的跟聽話者想的當然都是那所唯一的圖書館，所以，雖然是第一次提到，也得用定冠詞「the」。其實，同學們可以再回頭看看，例(1)第一句句末的 the park 和例(2)首句句末的 the desk，不也正是這種用法嗎？

3. 形容詞與副詞片語的形成

再簡要談一下形容詞與副詞，也就是所謂的修飾語，常言道：「佛要金裝，人要衣裝」，所以，修飾語的重要性自不在話下。就功能而言，形容詞的任務很單純，就是修飾（或補充敘述）名詞；而副詞在句中的角色就多了些，除了常拿來修飾動詞外，還可以修飾形容詞、別的副詞，甚至還能修飾全句呢！這兩大詞類的單字極好辨認，子句也很容易看出來，就是片語較麻煩些，不過，告訴同學們一個簡單的訣竅，把它記下來後，就能輕易看懂句中哪些是形容詞或副詞片語了！這個訣竅就是：

「凡有介系詞，必有受詞（有例外，留待本章末了的第 3.4 節再詳談）；介系詞 + 受詞便是修飾語（形容詞或副詞片語）」，先說形容詞；

3.1 後位修飾的形容詞片語

還沒看例句前，得先幫同學複習一個重要的文法規則，那就是：單字形容詞在修飾名詞時，原則上與中文語法一樣，都是前位修飾（也就是放在被修飾的名詞前），但是片語或子句的形容詞就得後位修飾了（也就是放在被修飾的名詞之後），這跟中文是完全不同的，同學們一定要特別留意！好了，可以看下面例句了：

(1) Birds <u>of the same feather</u> flock together.
（<u>同樣羽毛的</u>鳥類聚在一起；即「物以類聚」。）

介系詞 + 受詞（<u>of</u> the same <u>feather</u>）搖身一變成了形容詞片語，修飾 Birds。同學們可以仔細觀察中、英文字序不同處（英文的形容詞片語是不是<u>後位</u>修飾？而中文當然是<u>前位</u>修飾）。又如：

(2) No one really understands the grief or joy <u>of others</u>.
（沒有人能真正瞭解<u>旁人的</u>悲與歡。）

介系詞 + 受詞（<u>of</u> others）又成了形容詞片語，<u>後位</u>修飾 the grief or joy 這個名詞片語。再看下面這句：

(3) The development <u>of weapons</u> <u>of mass destruction</u> has made the prevention <u>of war</u> more and more urgent.
（<u>大規模毀滅性武器的</u>發展已使得<u>戰爭的</u>預防越來越迫切了。）

先找到<u>介系詞</u> + 受詞（<u>of</u> mass <u>destruction</u>）這個形容詞片語，顯然是用來<u>後位</u>修飾 weapons 這個單字名詞，此時，這個單字名詞已經擴充為一個<u>帶有形容詞片語的名詞片語</u>（weapons of mass destruction）了，這時，再仔細觀察，這個名詞片語前是不是有一個<u>介系詞</u> of？是不是又形成另一個<u>介系詞</u> + 受詞（<u>of</u> weapons of mass destruction）而成的形容詞片語，<u>後位</u>修飾 development 這個單字名詞了呢？

另外，句尾的<u>介系詞</u> + 受詞（<u>of</u> war）形成的形容詞片語，同學們有沒有很輕鬆就看出來，它是用來<u>後位</u>修飾 prevention 這個名詞呢？

3.2 副詞片語

再談<u>副詞片語</u>，由<u>介系詞</u> ＋ <u>受詞</u>形成的副詞片語大多表<u>時間</u>、<u>地方</u>或<u>狀態</u>（或稱<u>情態</u>），這些副詞片語多用來修飾動詞，說明動詞於<u>何時</u>發生、<u>何地</u>發生或發生時<u>狀態</u>（情緒或狀態）爲何。我們先看表<u>時間</u>的副詞片語：

(1) Tom goes jogging <u>in the morning</u>.
　　（Tom <u>在早上</u>慢跑。）

<u>介系詞</u> ＋ <u>受詞</u>（<u>in the morning</u>）成了表<u>時間</u>的副詞片語，修飾動詞 goes jogging（說明何時慢跑）。同學們要特別留意中、英文字序不同處（英文的副詞多半放在<u>動詞後面</u>修飾，而中文是放在<u>動詞前面</u>）。這句可以再擴充爲：

(2) Tom goes jogging <u>in the morning</u> <u>on weekends</u>.
　　（Tom <u>在週末早上</u>慢跑。）

我們加了另一個<u>介系詞</u> ＋ <u>受詞</u>（<u>on weekends</u>）來修飾動詞 goes jogging，進一步說明是在哪些日子的早上慢跑。這裡有一個潛規則同學一定要牢記：兩個（或以上）同類的修飾語（副詞與形容詞皆如是）並列時，原則上<u>小單位在前</u>，<u>大單位在後</u>。所以要先說 in the morning，再說 on weekends。這和中文字序又恰恰相反，初學的同學們一定要格外注意。

再來看看表<u>地方</u>的<u>副詞片語</u>：

(3) She lay <u>on the grass</u>.
　　（她躺在<u>草地上</u>。）

<u>介系詞</u> ＋ <u>受詞</u>（<u>on the grass</u>）就是表<u>地方</u>的副詞片語，修飾動詞 lay（說明躺在何處）。我們再把它擴充爲：

(4) She lay <u>on the grass</u> <u>in the yard</u>.
（她躺在<u>院子裡的草地上</u>。）

加了另一個<u>介系詞</u> + 受詞（<u>in the yard</u>）來修飾動詞 lay，進一步說明是哪裡的草地上。同學們有沒有注意到<u>小單位在前，大單位在後</u>的潛規則（先說 on the grass，再說 in the yard）？如果還想講得再詳細些，我們自然可以再擴充句意：

(5) She lay <u>on the grass</u> <u>in the yard</u> <u>in front of her house</u>.
（她躺在<u>她家前面院子裡的草地上</u>。）

再加入一個<u>片語介系詞</u> + 受詞（<u>in front of her house</u>）來進一步修飾動詞 lay，說清楚是哪裡的院子。因為這個副詞片語跟前兩個副詞片語相比，單位最大（房子>院子>草地），所以要放在最後面。

再說表<u>狀態</u>的副詞片語：

(6) He sprained his ankle and fell to the ground <u>in pain</u>.
（他扭傷腳踝，<u>痛苦地</u>跌在地上。）

<u>介系詞</u> + 受詞（<u>in pain</u>）形成表<u>狀態</u>的副詞片語，修飾動詞 fell（說明跌倒時的身體狀態）。同學們還是要留意中、英文字序不同處（英文的狀態副詞常放在<u>動詞後面</u>修飾，而中文則是放在<u>動詞前面</u>）。又如：

(7) She looked at him <u>with admiration</u>.
（她<u>愛慕地</u>看著他。）

<u>介系詞</u> + 受詞（<u>with admiration</u>）形成表<u>狀態</u>的副詞片語，修飾動詞 looked（說明看著時的心理狀態）。

3.3 介系詞 + 受詞：形容詞？副詞？

講到這裡，同學們對於介系詞+受詞應該很有概念了，只要看到這個片語在句子裡出現，它不是做形容詞，就是做副詞用，至於搖身一變後，究竟變成了形容詞、或副詞，除了可以從介系詞本身來判斷外（如介系詞 of 的意思就是「...的」，所以，of + 受詞就是最標準的形容詞片語），從句意也可以輕易看出來的，如：

(1) The stands in the stadium were crowded with people.
（體育場的看台內擠滿了人群。）

從句意應該可以輕易看出主詞 The stands 後面跟到的介系詞+受詞（in the stadium）就是形容詞片語，後位修飾 stands 這個名詞。

不過，有時候長得一模一樣的片語，在不同的句子裡，會有不同的功能哦！同學們看看下列這兩句：

(2) The boy is flying a kite in the sky.
（這男孩正放著天空中的風箏。）

(3) The bird is flying in the sky.
（這隻鳥兒在天空飛著。）

顯然例(2)的 in the sky 是形容詞片語，後位修飾前面的名詞 kite，而例(3)裡的 in the sky 則是副詞片語（地方副詞），修飾動詞片語 is flying，也就是說明鳥兒飛翔的地點；若一時不察，把例(2)的 in the sky 誤認為是副詞片語（地方副詞），修飾動詞片語（也是 is flying），整句話的句意就成了「這男孩正在天空中放著風箏」，那玩笑就開大了！

3.4 介系詞 +「介系詞 + 受詞」

雖說依照英文法規定,凡有介系詞,必有受詞,但是同學們應該曾看過或聽過類似底下的句子:

(1) A cat suddenly jumped out <u>from</u> <u>under the table</u>.

(有隻貓突然<u>從桌子底下</u>跳出來。)

<u>from</u> <u>under the table</u> 就是一個介系詞 +「介系詞 + 受詞」形成的副詞片語,修飾動詞 jumped。仔細審視,第一個介系詞(from)後面並沒有受詞,而是緊跟著另一個介系詞(under),而這個介系詞就有受詞了(名詞 table)。其實,這種介系詞 +「介系詞 + 受詞」的表達方式是一種權宜的作法,第一個介系詞的用法雖不符合文法規定,但大家都能接受,理由無他,因為不這麼說,是無法把話說清楚的,畢竟,語言的首要目的在於傳達訊息,文法只是工具,如果為了遵守文法而話不成話,豈不本末倒置了!下句話也是如此:

(2) The players <u>from</u> <u>around the world</u> are ready to enter the competition.

(<u>來自世界各地的</u>選手們已蓄勢待發,準備出賽。)

<u>from</u> <u>around the world</u> 也是一個介系詞 +「介系詞 + 受詞」形成的片語,在此當形容詞用,修飾擔任主詞的名詞 players,唯有如此表達,才能明確說出選手們是「來自世界各地」的。

第二章、動狀詞（動名詞與不定詞）

1. 動狀詞是啥？

在介紹句型結構前，動狀詞的概念也得複習一下。所謂動狀詞，白話點說，就是長得像動詞（具有動詞形狀）的字詞，它沒有被放在八大詞類裡，是因為就功能論，動狀詞在句子裡都已經分別充當名詞、形容詞或副詞用了，自然不需要再另起爐灶。現在，我們就先來對動狀詞下個簡單的定義：

動狀詞：「由動詞轉變而來的字詞，由於來自動詞，所以仍具有原來動詞的含義與性質。」也就是說，保留了原來動詞的意思（具有原來動詞的含義）；可以有受詞、補語、副詞修飾語，也有簡單式、完成式，或被動語態等（具有原來動詞的性質）。換句話說，動詞能幹的活，動狀詞也都能，只是就文法而言，它已失去動詞的身分而已。

動狀詞可概分成動名詞、不定詞與分詞三種，由於不定詞又分帶 to 的不定詞（就是一般的不定詞）與不帶 to 的不定詞（即原形不定詞）兩種，而分詞又有現在分詞與過去分詞兩種，所以，動狀詞是可以細分成五種的。現在，我們就舉動詞 do 為例，把由它轉變而來的動狀詞以及這些動狀詞在句子裡能充當的角色（如名詞、形容詞或副詞等）示意如下圖：

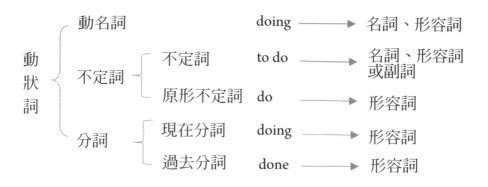

動狀詞	動名詞		doing →	名詞、形容詞
	不定詞	不定詞	to do →	名詞、形容詞或副詞
		原形不定詞	do →	形容詞
	分詞	現在分詞	doing →	形容詞
		過去分詞	done →	形容詞

2. 動名詞

如上圖所示，在動詞字尾加上 ing，這動詞就變成動名詞了。它的功能比較單純，光看它的名稱「動名詞」（長得像動詞的名詞），應該就能猜出它在句子裡的功能吧？沒錯，就是當名詞用，也就是說，名詞能做的事，動名詞也都能做，還能仿效名詞轉作形容詞用呢！分述如後：

2.1 擔任句子的主詞

名詞在句子裡可以當主詞，動名詞自然也可以擔任句子的主詞，如：

(1) <u>Smoking inside</u> is not permitted.
（室內不得抽菸。）

動名詞 <u>Smoking</u> 即為本句的主詞，當然，也可以說動名詞片語 <u>Smoking inside</u> 是本句的主詞。同學們可以仔細觀察，這個當主詞的動名詞是不是保留了原來動詞的意思（smoke，抽菸），此外，還有地方副詞（inside，在室內）修飾它。

(2) Jogging every afternoon is Tom's favorite exercise.
（每天下午慢跑是 Tom 最喜歡的運動。）

動名詞 Jogging 為本句的主詞，也可以把修飾它的時間副詞 every afternoon 加進來，把整個動名詞片語 Jogging every afternoon 視為本句的主詞。

(3) Driving in a crowded city makes her nervous.
（在擁擠的都市裡開車讓她很緊張。）

動名詞 Driving，或包含地方副詞在內的動名詞片語 Driving in a crowded city 當本句的主詞。

(4) Finding lost money is usually difficult.
（找回遺失的錢通常挺難的。）

動名詞 Finding 為本句的主詞，或者，把它的受詞 lost money 也加進來，擴充成為動名詞片語 Finding lost money 當本句的主詞。

(5) Collecting stones is one of his hobbies.
（收集石頭是他的嗜好之一。）

動名詞 Collecting，或包含它的受詞 stones 在內的動名詞片語 Collecting stones 當本句的主詞。這裡要特別小心 stones 這個複數名詞，它是動名詞 Collecting 的受詞，已經是動名詞片語 Collecting stones 的一部分了，指的就是「收集石頭」這「一」件事，當主詞自然視作單數，後面須接單數動詞 is，可千萬不要把 stones 這個複數名詞誤認為是句子的主詞，那麻煩就大了！

(6) Being able to take pains is one of the conditions of success.
（能吃苦是成功的條件之一。）

動名詞 Being，或包含它的補語 able，再連同不定詞片語 to take pains 在內的整個動名詞片語 Being able to take pains 當本句的主詞。（不定詞的部分，容待後面再討論。）

(7) Being taught by a good teacher is a blessing.
（被好的老師教到是種福氣。）

同學們看出來了沒？這個動名詞可是被動式 Being taught 哦！當然也可以把它的修飾語 by a good teacher 一起加進來，Being taught by a good teacher 整個動名詞片語就是本句的主詞。

(8) It's no use crying for spilled milk.
（為了打翻的牛奶而哭是沒有用的；即「覆水難收」或「破鏡難圓」之意。）

It 當然是虛主詞啦！真正的主詞是動名詞 crying，或包含修飾它的副詞片語 for spilled milk（表「原因/理由」）在內的動名詞片語。

(9) There will be dancing and singing in the street tonight.
（今晚街上會載歌載舞。）

由對等連接詞 and 連接的兩個動名詞 dancing and singing 當主詞，自然也可以把修飾它的地方副詞 in the street 與時間副詞 tonight 一起算在內，整個動名詞片語 dancing and singing in the street tonight 當本句的主詞。

2.2 擔任主詞補語

名詞在句子裡可以做主詞補語，動名詞自然也可以在句子裡擔任主詞補語（主詞補語的細節會在五大句型篇章裡進一步詳述），如：

(1) Her recreation is <u>watching TV</u>.
（她的休閒活動是看電視。）

動名詞 <u>watching</u>，或包含它的受詞 <u>TV</u> 在內的動名詞片語 <u>watching TV</u> 做主詞補語。同學們一定要特別留意這樣的句型，千萬不要把動名詞誤判為現在分詞，如此一來，就變成進行式了，那這句話就不像話了（她的休閒活動正在看電視？「休閒活動」豈不成了妖怪，還能拿遙控器選台呢！）

(2) His favorite sport is <u>playing basketball</u>.
（他最喜歡的運動是打籃球。）

動名詞 <u>playing</u>，或包含它的受詞 <u>basketball</u> 在內的動名詞片語 <u>playing basketball</u> 做主詞補語。

(3) My habit was <u>collecting foreign stamps</u>.
（我曾有收集郵票的習慣。）

動名詞 <u>collecting</u>，或包含它的受詞 <u>foreign stamps</u> 在內的動名詞片語 <u>collecting foreign stamps</u> 做主詞補語。

(4) One of his part-time jobs is <u>delivering food with Uber Eats</u>.
（他的兼差工作之一是在 Uber Eats 送外食。）

動名詞 <u>delivering</u>，或包含它的受詞 <u>food</u> 以及副詞片語 <u>with Uber Eats</u>（表「工具」）在內的整個動名詞片語 <u>delivering food with Uber Eats</u> 做主詞補語。

2.3 做動詞的受詞

名詞在句子裡可以做動詞的受詞，動名詞當然也可以做動詞的受詞（至於哪些動詞後面可接動名詞作受詞，我們後續談到五大句型章節裡的第三句型時，會詳細討論）。如：

(1) Please *stop* <u>calling me again</u>.

（請不要再打電話來了。）

動名詞 <u>calling</u>，或包括它的受詞 <u>me</u> 與副詞修飾語 <u>again</u> 在內的整個動名詞片語 <u>calling me again</u>，作動詞 *stop* 的受詞。

(2) She *denied* <u>having seen him</u>.

（她否認曾見過他。）

同學們都看到這個帶有受詞 <u>him</u> 的動名詞片語 <u>having seen him</u> 的形式了吧？沒錯，是個完成式，作動詞 *denied* 的受詞。當我們要強調<u>動名詞</u>這個動作或狀態發生的時間，要<u>早於</u>句子的<u>動詞</u>發生的時間時，就可以用完成式來表示。就這個例句而言，當然是先見過（先發生），後否認（後發生）。不過，如果沒有要特別強調，這個動名詞也可以用簡單式 seeing 來表示：

(3) She denied <u>seeing him</u>.

因為，常理也可以判斷出來，當然是先見過，事後再否認，先後順序不會被誤解，所以，是沒有硬性規定動名詞先發生時，一定要用完成式的。

(4) Do you *finish* <u>doing your homework</u>?
（你做完功課了嗎？）

帶有受詞 <u>your homework</u> 的動名詞片語 <u>doing your homework</u>，
作動詞 *finish* 的受詞。

(5) She doesn't *allow* <u>smoking in her home</u>.
（她不讓人在她家抽菸。）

帶有地方副詞 <u>in her home</u> 的動名詞片語 <u>smoking in her home</u>，
作動詞 *allow* 的受詞。

(6) John *prefers* <u>having lunch at that cafeteria</u>.
（John 喜歡在那家自助餐館吃午餐。）

帶有受詞 <u>lunch</u> 及地方副詞 <u>at that cafeteria</u> 的動名詞片語 <u>having</u>
<u>lunch at that cafeteria</u>，作動詞 *prefers* 的受詞。

(7) We *enjoy* <u>getting together on Saturday night</u>.
（我們喜愛在週六晚上聚會。）

帶有補語 <u>together</u> 及時間副詞 <u>on Saturday night</u> 的動名詞片語
<u>getting together on Saturday night</u>，作動詞 *enjoy* 的受詞。這裡要
順便一提的是，動名詞 getting 並不是「得到」或其它這個字
常見的含義，只是 be 動詞的代換字而已，這種用法在美式
英文裡很常見，像是：

He <u>got hit</u> by a car. = He <u>was hit</u> by a car.
（他被車撞了）

She <u>got dressed</u> and went out. = She <u>was dressed</u> and went out.
（她穿上衣服出去了。）

(8) Have you *considered* <u>taking a different course</u>?
（你考慮過修一門不同的課嗎？）

帶有受詞 <u>a different course</u> 的動名詞片語 <u>taking a different course</u>，作動詞片語 Have...*considered* 的受詞。

(9) Do you *remember* <u>handing over your assignment</u>?
（你記得交過作業了嗎？）

帶有表方位的副詞 <u>over</u> 及受詞 <u>your assignment</u> 的動名詞片語 <u>handing over your assignment</u>，作動詞 *remember* 的受詞。

(10) She finally *admitted* <u>having dated the young man</u>.
（她終於承認跟這個年輕的男人約過會。）

同學們應該都注意到這個帶有受詞 <u>the young man</u> 的動名詞片語 <u>having dated the young man</u> 是完成式了吧？在這兒是作動詞 *admitted* 的受詞。當然，如果不特別強調時間的先後，這個動名詞片語用簡單式也通的，如：

(11) She finally admitted <u>dating the young man</u>.

(12) They *appreciated* <u>being allowed to stay overnight</u>.
（他們感謝可以留下來過夜。）

這裡要特別留意的是，因為主詞是<u>被</u>允許留下來過夜的，所以，這句話的動名詞 <u>being allowed</u> 一定要用被動式，做動詞 *appreciated* 的受詞，當然，也可以把擔任它補語的不定詞片語 <u>to stay overnight</u> 拉進來（不定詞的部分，容待後面再討論），把整個動名詞片語 <u>being allowed to stay overnight</u> 視作動詞 appreciated 的受詞。

(13) She couldn't *imagine* <u>marrying him</u>.

（她無法想像要嫁給他。）

帶有受詞 <u>him</u> 的動名詞片語 <u>marrying him</u>，作動詞 *imagine* 的受詞。

(14) His work *involved* <u>living away from his hometown</u>.

（他的工作需要他離鄉背井。）

帶有 <u>away</u> 及 <u>from his hometown</u> 這兩個地方副詞的動名詞片語 <u>living away from his hometown</u>，作動詞 *involved* 的受詞。

2.4 做介系詞的受詞

同學們還記不記得，在第一章第 3 節（p. 17）我們曾講過，「凡有<u>介系詞</u>，必有<u>受詞</u>」，既然名詞可以做介系詞的受詞，按理講，動名詞與不定詞在句子裡都有名詞的功能（如第 24 頁第 1 節圖示），理應都能做介系詞的受詞，但是，依照英文法規定，只有動名詞才能做介系詞的受詞，不定詞是不能放在介系詞後面做受詞的（僅有極少數例外，容待不定詞篇再討論）。現在，我們就來看動名詞做介系詞的受詞的例子：

(1) Don't insist *on* <u>saying so</u>.

（別堅持這麼說。）

帶有受詞 <u>so</u> 的動名詞片語 <u>saying so</u>，作介系詞 *on* 的受詞。

(2) He was disappointed *at* <u>finding her gone</u>.

（他發覺她不在了而感到失望。）

帶有受詞 <u>her</u> 及受詞補語 <u>gone</u> 的動名詞片語 <u>finding her gone</u>，作介系詞 *at* 的受詞。（同學如果對受詞補語還不熟悉，莫

慌，我們在底下第 52 頁的第 3.1.5 節會有詳細說明。）

(3) We are looking forward *to* seeing you again.
（我們期待再次見到你。）

帶有受詞 you 及副詞修飾語 again 的動名詞片語 seeing you again，作介系詞 *to* 的受詞。這裡同學們要特別留意的是，動詞片語 look forward to 結尾的 to 並不是不定詞的符號，而是介系詞，碰到須接動狀詞做受詞時，唯有加動名詞一途。切記、切記！

(4) Jack is proud *of* being at the top of his class.
（Jack 以在班上名列前茅爲榮。）

帶有補語 at the top of his class 的動名詞片語 being at the top of his class，做介系詞 *of* 的受詞。同學們仔細看一下這個補語，它是由 at the top 和 of his class 結合而成的，這兩個片語都是介系詞+受詞的形式，嚴格來講，第一個片語 at the top 才是 being 的補語，而第二個片語 of his class 是個標準的形容詞片語（如果忘記了，趕緊回頭再看一眼第 17 頁第一章的第 3.1 節），修飾 top 這個名詞，所以，我們自然可以把這一整串字 at the top of his class 視作動名詞 being 的補語，這些環節同學們務必要理清。

(5) She is used *to* getting up in the early morning.
（她習慣清晨早起。）

帶有時間副詞 in the early morning 的動名詞片語 getting up in the early morning，做介系詞 *to* 的受詞。這邊同學們要特別當心 be used to 這個動詞片語，它是表習慣的慣用語，結尾的 to 並不是不定詞的符號，而是介系詞，碰到須接動狀詞做受詞時，一定要加動名詞。當然，be used to 如果只是 use（使

用）這個動詞的被動式（be used），後面再接不定詞來表目的時，be used to 後面自然要接原形動詞了，如：

This knife is used to cut meat.
（這把刀是被用來切肉的。）

(6) Have you ever dreamed *of* traveling to Mars?
（你有沒有曾夢想過要到火星旅遊？）

帶有地方副詞 to Mars 的動名詞片語 traveling to Mars，做介系詞 *of* 的受詞。

(7) She usually loses her breath *from* walking too fast.
（她常因走太快而喘不過氣來。）

帶有狀態副詞 too fast 的動名詞片語 walking too fast，做介系詞 *from* 的受詞。

(8) *After* going home, he took a hot shower and then went to bed.
（回到家後，他沖了個熱水澡就上床睡覺了。）

帶有地方副詞 home 的動名詞片語 going home，做介系詞 *After* 的受詞。

(9) You'd better start to make preparations *for* taking the final exam.
（你最好開始準備期末考了。）

帶有受詞 the final exam 的動名詞片語 taking the final exam，做介系詞 *for* 的受詞。

(10) She's busy (*in*) doing her homework.
（她忙著做功課。）

帶有受詞 her homework 的動名詞片語 doing her homework，做介系詞 in 的受詞。不過，在現代美語裡，「be busy in + 動名詞（忙著...）」這個慣用語裡的介系詞 in 幾乎都被省略，已經沒有人會把它再說出來了。

(11) He spends a lot of money (*in*) traveling abroad.
（他花了很多錢出國旅遊。）

帶有地方副詞 abroad 的動名詞片語 traveling abroad，做介系詞 *in* 的受詞。同樣的，現代美語裡，「spend in + 動名詞（花費...做...）」這種用法裡的介系詞 in 幾乎都被省略，也已經沒有人會把它再說出來了。

(12) She always wasted her time (*in*) reading dime novels.
（她老是浪費時間看廉價小說。）

帶有受詞 dime novels 的動名詞片語 reading dime novels，做介系詞 *in* 的受詞。同上，「waste in + 動名詞（浪費...做...）」這種用法裡的介系詞 in 幾乎都被省略，已經沒有人會把它再說出來了。

(13) We lost half an hour (*in*) changing the tire.
（我們浪費了一個小時換輪胎。）

帶有受詞 the tire 的動名詞片語 changing the tire，做介系詞 *in* 的受詞。這裡，同學們要特別注意 lose（過去式為 lost）這個動詞，當它做「浪費」解釋時，用法跟上句的 waste 一樣，不過，這兒的介系詞 in 倒常看到它出現，省不省略都常見。

(14) He had trouble/difficulty/problems/a hard time/a difficult time (*in*)
 <u>finding a job</u>.
（他找工作有困難。）

帶有受詞 <u>a job</u> 的動名詞片語 <u>finding a job</u>，做介系詞 *in* 的受詞。這個經典的用法也是一樣，介系詞 *in* 幾乎都被省略，已經沒有人會把它再說出來了。

(15) We had fun/a good time (*in*) <u>visiting San Francisco</u>.
（我們去舊金山旅遊時玩得非常開心。）

同學們也應該熟識這個語意與上句相反的經典用法；這裡，帶有受詞 <u>San Francisco</u> 的動名詞片語 <u>visiting San Francisco</u>，做介系詞 *in* 的受詞。當然，介系詞 *in* 已經沒有人會把它再說出來了。

(16) There is no use (*in*) <u>trying to persuade her</u>.
（試圖說服她是沒有用的。）

這也是常見的句型，用「There is no use (in) + 動名詞」來表示「做...是沒有用的」的句子裡，介系詞 *in* 已經很少有人會把它說出來了。在這裡，不定詞片語 <u>to persuade her</u> 做動名詞 <u>trying</u> 的受詞，整個動名詞片語 <u>trying to persuade her</u> 做介系詞 *in* 的受詞。

(17) Did you forget (*about*) <u>returning the books to the library</u>?
（你忘了已經把書還給圖書館了嗎？）

帶有受詞 <u>the books</u> 與地方副詞 <u>to the library</u> 的動名詞片語 <u>returning the books to the library</u>，做介系詞 *about* 的受詞。當然，介系詞 about 已經沒有人會把它再說出來了。這裡要補充說明的是，動詞 forget 也可以接不定詞做受詞的，只是意

思恰好相反；接動名詞做受詞時，表達的是「忘記曾做過的事」，而接<u>不定詞</u>做受詞指的卻是「忘記要做的事了」，所以如果例(17)改用不定詞做受詞：

Did you forget <u>to return the books to the library</u>?

這麼寫文法絕對正確，但句意是「你忘了要把書還給圖書館了嗎？」（還沒歸還），這兩種用法一定要謹慎，才不會雞同鴨講。講到這裡，另一個跟 forget 語意相反的動詞 remember（記得）也得順便一提，它接動狀詞做受詞時，用法與 forget 一樣，接<u>動名詞</u>做受詞時，表達的是「記得曾做過某事」，而接<u>不定詞</u>做受詞指的是「記得要做某事」，如：

She remembered <u>locking</u> the door.
（她記得<u>鎖過</u>門了；已鎖。）

Please remember <u>to lock</u> the door.
（請記得<u>要鎖</u>門；未鎖。）

同學們也可以再看一下第 2.3 節的例(9)（p. 30），也是這樣的用法。

2.5 擔任同位語（Appositive）

名詞在句子裡可以擔任<u>另一個名詞</u>的同位語（也就是進一步解釋、說明另一個名詞），動名詞當然也可以做同位語，如：

(1) Henry's *hobby*, <u>collecting stones</u>, seems very dull.
（Henry 的嗜好，也就是收集石頭，似乎很乏味。）

帶有受詞 <u>stones</u> 的動名詞片語 <u>collecting stones</u>，做名詞 *hobby* 的同位語。

(2) I like my *job,* <u>teaching English to high school students</u>.
（我喜歡我的工作，就是教高中學生英文。）

帶有受詞 <u>English</u> 及副詞修飾語 <u>to high school students</u> 的動名詞片語 <u>teaching English to high school students</u>，做名詞 *job* 的同位語。

2.6 做名詞修飾語（Gerund Adjunct）使用

同學們都知道，有時由於句意所需，而英文裡恰巧又欠缺想表達的形容詞時，很多名詞都能轉做形容詞用，修飾其後的名詞，如：

(1) The boy is playing with a <u>toy</u> car.
（這男孩正玩著玩具車。）

(2) Where is my <u>school</u> bag?
（我書包在哪兒？）

(3) He forgot to bring his <u>lunch</u> box with him to work.
（他忘了帶午餐盒上班了。）

(4) She has quite a few <u>boy</u> friends though she is only a teenager.
（雖然她才十來歲，已經有好幾個男朋友了。）

(5) He lost his <u>car</u> key this morning.
（他今早把汽車鑰匙搞丟了。）

上面例句裡的 <u>toy</u>、<u>school</u>、<u>lunch</u>、<u>boy</u>、<u>car</u> 等字，原來都是名詞，也都沒有相同含義的形容詞，可是為了表達上述含

義，非用形容詞不可，好在英文也不是一成不變，為了句意需要，這些名詞都能轉做形容詞用，修飾它們後面的名詞。既然名詞能這麼用，具有名詞功能的動名詞自然也能轉做形容詞用，做名詞修飾語了。如：

(6) Dad bought a <u>racing</u> horse.
（老爸買了匹賽馬。）

(7) Mom needs a new <u>baking</u> pan.
（老媽需要一只新的烤盤。）

(8) She left her <u>driving</u> gloves at home.
（她把她開車用的手套放在家裡了。）

(9) Tim couldn't find his <u>cleaning</u> tools.
（Tim 找不到他的清潔用具。）

(10) He is swimming in the <u>swimming</u> pool.
（他正在游泳池裡游泳。）

(11) Helen is looking for her <u>sewing</u> scissors.
（Helen 正在找她的縫紉用剪刀。）

(12) Have you seen the silver <u>serving</u> spoons?
（你有沒有看到那把銀質的分菜匙？）

(13) I'm planning to take a <u>working</u> vacation in Australia this summer.
（我正計畫今夏到澳洲打工度假。）

同學們應該都看出來，上面例句裡的 <u>racing</u>、<u>baking</u>、<u>driving</u>、<u>cleaning</u>、<u>swimming</u>、<u>sewing</u>、<u>serving</u>、<u>working</u> 等動名詞，都已經轉做形容詞用，修飾它們後面的名詞了。看到這裡，也許有些同學心裡頭會產生疑問，現在分詞也常

做形容詞用，上面例句裡的這些當形容詞用的 V-ing 動狀詞，會不會就是現在分詞呢？那可不，因為現在分詞常具有主動、進行的含義，當形容詞用時，常拿來說明被修飾的名詞「正在...」，而動名詞當形容詞用時，是用來說明被修飾名詞的用途（具「供...用的」含義），如：

(14) There is a <u>swimming</u> mouse in the river.
　　（河裡有隻正游著泳的老鼠。）

(15) There is a <u>swimming</u> pool in the backyard.
　　（後院有座游泳池。）

　　顯然例(14)裡的 <u>swimming</u> 是現在分詞做形容詞用（正在游著泳的...），而例(15)裡的 <u>swimming</u> 則是動名詞當形容詞用（供游泳用的...）。又如：

(16) Tom is a <u>walking</u> dictionary.
　　（Tom 是個走著路的字典；即，Tom 是個活字典。）

(17) Tom always uses a <u>walking</u> stick when he goes hiking.
　　（Tom 去健行時都會使用拐杖。）

　　例(16)裡的 <u>walking</u> 是現在分詞做形容詞用（正走著路的...），而例(17)裡的 <u>walking</u> 則是動名詞當形容詞用（供走路用的...）。再如：

(18) There is a <u>drinking</u> horse by the pond.
　　（池塘邊有匹正喝著水的馬。）

(19) How much <u>drinking</u> water will we need when we go camping next weekend？

（下個週末去露營時，我們需要多少飲用水啊？）

同學們應該都看出來了吧，例(18)裡的 <u>drinking</u> 顯然是<u>現在分詞</u>做形容詞用（正喝著水的...），而例(19)裡的 <u>drinking</u> 當然是動名詞當形容詞用了（供飲用的...）。

討論完<u>動名詞</u>做<u>名詞</u>，在句子擔任的各種角色過後，還有幾個重點必須一提，分述如後：

2.7 動名詞意義上的主詞

就文法而言，動名詞在句子裡是不會有主詞的，只有動詞才有主詞，但是，就句意而言，動名詞是來自動詞，不管它表示的是動作或狀態，總有它的發起者，這個發起者我們就稱為動名詞<u>意義上</u>的主詞。原則上，動名詞<u>意義上</u>的主詞要用<u>所有格</u>來表示，道理很簡單，因為所有格具有形容詞的性質，放在轉做名詞用的動名詞前絕對符合文法的要求，同時又可以指出對象，再恰當不過了！如：

(1) Mom resents <u>Tina's</u> spending money foolishly.
（老媽很討厭 Tina 胡亂花錢。）

(2) They didn't like <u>his</u> staying so long.
（他們不喜歡他待這麼久。）

(3) We are proud of <u>May's</u> winning first prize.
（我們以 May 贏得第一為榮。）

(4) I couldn't understand the <u>car's</u> not starting.
（我不明瞭這部車怎麼發不動。）

不過，在不是那麼正式的場合，也有許多英美人士便宜行事，直接用受詞來做為動名詞意義上的主詞，如：

(5) We were afraid of <u>the student</u> being late again.
（我們恐怕這學生又要遲到了。）

(6) Susan is worried about <u>him</u> knowing her plans.
（Susan 擔心他知道她的計畫。）

(7) Dad is pleased with <u>you</u> getting such good grades.
（老爸很開心你拿到這麼好的成績。）

(8) I don't like <u>my sister</u> making fun of my new hair style.
（我不喜歡我姊姊取笑我的新髮型。）

不過，同學們只要細看上述四個例句，不難看出為什麼用受詞來做為動名詞意義上的主詞極為不妥，就拿例(5)來講，主詞到底是怕 the student（這學生），還是怕 the student being late again（這學生又要遲到了）呢？當然怕的是動名詞片語 the student being late again（這學生又要遲到了）這件事，但是，就文法而言，the student 顯然是當 were afraid of（恐怕）這個動詞片語中介系詞 of 的受詞，這就與句意不合了，如果把 the student 改成 the student's（用所有格來做為動名詞片語 being late again 意義上的主詞），改寫成：

(9) We were afraid of <u>the student's</u> being late again.
（我們恐怕這學生又要遲到了。）

如此一來，應該一眼就可以看出 were afraid of 的受詞是 being late again 這個動名詞片語，而所有格 <u>the student's</u> 非關受詞，僅是後面動名詞片語意義上的主詞而已。同學們再仔細觀察例(6)、例(7)與例(8)，我們如果都把這三句動名詞前的受格

都改爲所有格，是不是更合乎文法，句意也較不會引起誤解呢？如：

(10) Susan is worried about <u>his</u> knowing her plans.
（Susan 擔心他知道她的計畫。）

(11) Dad is pleased with <u>your</u> getting such good grades.
（老爸很開心你拿到這麼好的成績。）

(12) I don't like <u>my sister's</u> making fun of my new hair style.
（我不喜歡我姊姊取笑我的新髮型。）

2.8 動名詞與限定詞

由於動名詞在句子裡就是充當名詞使用，前面自然可以有如 a、the、this、that、some、any 等修飾名詞的限定詞（Determiner），如：

(1) <u>A</u> knocking at the door woke me up.
（一陣敲門聲把我吵醒。）

(2) <u>The</u> barking of the dog is disturbing us.
（這狗吠聲令我們不安。）

(3) <u>The</u> collecting of stamps has long been his hobby.
（收集郵票長期以來一直是他的嗜好。）

(4) <u>The</u> singing and dancing of the girl entertained the guests.
（這女孩載歌載舞款待賓客。）

(5) <u>This</u> lying to your parents must stop immediately.
（你必須立即停止對你父母說這樣的謊話。）

(6) <u>That</u> whistling of the wind frightened the kids.

（那風的呼嘯聲嚇壞了這些孩子。）

(7) She wouldn't allow <u>any</u> smoking in her house.

（她不允許任何人在她屋內抽菸。）

(8) There was <u>some</u> cheating by the students once in a while.

（學生們偶而會有作弊的行為。）

同學們剛剛看到例(3)時，心裡頭有沒有又起了疑問，在第 1 節（p. 23）裡不是明明才說過，動名詞是一種動狀詞，而動狀詞不是能直接接受詞的嗎（具有原來動詞的<u>性質</u>）？那例(3)不就能寫成：

(9) The <u>collecting stamps</u> has long been his hobby.（？）

答案是不行！因為，講例(3)這句話的人，基本上已經是把動名詞 collecting 看作是十足的名詞了，所以才會在它前面放上定冠詞 <u>The</u>，既然 collecting 已經是個十足的名詞，後面恐怕就不能再接另一個名詞做受詞了。為了表達句意所需，解決的辦法就是在它後面放一個<u>介系詞+受詞形成的形容詞片語</u>（of stamps），後位修飾前面的名詞（collecting），所以，例(9)的寫法是行不通的。如果看例(3)的 of 實在不順眼，欲除之而後快，很簡單，只要把例(9)句首的 The 刪除，這時後，collecting 又恢復動名詞的身分，當然就可以直接接受詞 stamps 了，如：

(10) <u>Collecting stamps</u> has long been his hobby.

2.9　不連結動名詞（Dangling Gerund）

「介系詞＋動名詞」如出現在句首，此時，動名詞意義上的主詞必須就是句子的主詞，否則即成為不連結動名詞，會使句義含糊不清。同學試看下列各例句：

(1) <u>Besides treating</u> me to a meal, <u>she</u> lent me some money.
（除了請我吃頓飯，她還借了我些錢。）

請我吃飯的是她（she），借我錢的也是她（she）。句首動名詞 <u>treating</u> 意義上的主詞就是<u>句子的主詞</u> she。但是：

(2) <u>Besides treating</u> me to a meal, <u>I</u> borrowed some money from her.（？）
（除了請我吃頓飯，我還向她借了些錢。）

同學們一定要特別留意這樣的句子，這句話為甚麼錯？因為從句意判斷，請我吃飯的是她，借我錢的也是她。可是按照文法規定，「介系詞＋動名詞」出現在句首時，動名詞意義上的主詞必須是<u>句子的主詞</u>，如此一來，請我吃飯的便是我自己（I），這還像句話嗎？

(3) <u>Without informing</u> us, <u>he</u> left for South Africa.
（沒有通知我們，他就前往南非了。）

沒有通知我們的是他（he），前往南非的也是他（he）。句首動名詞 <u>informing</u> 意義上的主詞就是<u>句子的主詞</u> he。可是：

(4) <u>Without informing</u> us, <u>I</u> found that he had left for South Africa.（？）
（沒有通知我們，我發覺他前往南非了。）

這句話當然錯，從句意判斷，沒有通知我們的是他，前往南非的也是他。同樣地，按照文法規定，「介系詞＋動名詞」出現在句首時，動名詞意義上的主詞必須是句子的主詞，如此一來，沒有通知我們的就是我（I）了，這還是不像話！

3. 不定詞

如第一節（p. 24）圖示，不定詞有帶 to 與不帶 to（即原形不定詞）兩種，它的功能比動名詞多些，在句子裡除了可以擔任名詞外，還可以做形容詞及副詞用。同學們看到這裡可千萬不要皺起眉頭，準備換台了，不妨逆向思考一下，就因它的角色多，不定詞在句子裡自然好用囉！分述如後：

3.1 做名詞使用

不定詞既然能當名詞用，名詞在句子裡能做的事，不定詞也都能做，如：

3.1.1 擔任句子的主詞

名詞在句子裡可以當主詞，不定詞理所當然也可以在句子裡做主詞，如：

(1) To find a good tutor is sometimes difficult.
（找到好的家教有時候頗難的。）

不定詞 To find 即為本句的主詞，當然，也可以說不定詞片語 To find a good tutor 是本句的主詞。同學們可以趁勢再複習一下第 1 節（p. 23）我們對動狀詞下的定義，這個當主

詞的不定詞是不是保留了原來動詞的意思（find，找到），此外，還接了受詞（a good tutor，好的家教），也就是具有原來動詞的<u>含義</u>與<u>性質</u>呢！另外必須一提的是，不定詞片語當主詞時，由於較長，如果放在句首，有些<u>頭重腳輕</u>，所以多半會用<u>虛主詞 It</u> 代替它放句首，再把<u>真正的主詞</u>，也就是<u>不定詞片語</u>放到<u>句末</u>，形成是俗稱的「It...to...」句型，如此一來，句子結構就勻稱多了。所以，要表達上面句子的意思時，大多會說成：

<u>It</u> is sometimes difficult <u>to find a good tutor</u>.

(2) <u>To listen to rap music</u> is his favorite pastime.
（聽饒舌樂是他最喜歡的消遣。）

帶有受詞 <u>rap music</u> 在內的不定詞片語 <u>To listen to rap music</u>，做本句的主詞。當然，為了句構能勻稱些，這句多半會改寫成：

<u>It</u> is his favorite pastime <u>to listen to rap music</u>.

(3) <u>To see her hometown again</u> will make her happy.
（能再度看到她的故鄉會讓她開心的。）

帶有受詞 <u>her hometown</u> 及副詞修飾語 <u>again</u> 的不定詞片語 <u>To see her hometown again</u>，做本句的主詞。不過，日常用語裡，還是會說成下面這句較普遍：

<u>It</u> will make her happy <u>to see her hometown again</u>.

(4) <u>It</u> is good <u>for you not to eat junk food</u>.
（你不吃垃圾食物，很好。）

帶有意義上的主詞 <u>for you</u>（不定詞意義上的主詞稍後會在

英語句型結構
English Sentence Patterns

第 69 頁的第 3.4 節裡詳述）及受詞 junk food 的否定不定詞片語 for you not to eat junk food（不定詞的否定稍後也會詳述），做本句的主詞。當然，我們已經直接用虛主詞 It 放句首，再把真正的主詞，也就是不定詞片語放到句末了。

3.1.2 擔任主詞補語

名詞在句子裡可以做主詞補語，不定詞當然也可以在句子裡擔任主詞補語，如：

(1) My ambition was to become a doctor.
（我的志向是要當醫師。）

帶有補語 a doctor 的不定詞片語 to become a doctor，做本句的主詞補語。

(2) His objective is to finish the course in time.
（他的目標是要能即時修完這門課。）

帶有受詞 the course 及時間副詞 in time 的不定詞片語 to finish the course in time，做本句的主詞補語。

(3) All we can do is wait until she shows up.
（我們能做的只有等到她現身了。）

帶有時間副詞 until she shows up 的不定詞片語 wait until she shows up，做本句的主詞補語。看到這裡，眼尖的同學大概心中已起了疑惑，wait 不是個原形動詞嗎？怎麼會是不定詞呢？同學們一定要特別注意，這個 wait 可是個百分之百的不定詞，只不過在現代美語裡，放在 be 動詞後面的不定詞若是專門用來解釋前面的 do 時，這個不定詞通常都不帶 to（即原形不定詞）；下兩句也是同樣的情形：

(4) All he ever *did* was <u>try to get rich</u>.
（他一直在做的就是設法致富。）

帶有受詞 to get rich（不定詞做受詞稍後會詳述）的原形不定詞片語 try to get rich，做本句的主詞補語。

(5) The best thing she can *do* is <u>study harder</u>.
（她能做的就是更努力用功了。）

帶有狀態副詞 <u>harder</u> 的原形不定詞片語 <u>study harder</u>，做本句的主詞補語。

3.1.3 擔任動詞的受詞

名詞在句子裡可以做動詞的受詞，不定詞自然也可以做動詞的受詞，如：

(1) The student *asked* <u>to leave earlier</u>.
（這學生請求早退。）

帶有時間副詞 <u>earlier</u> 的不定詞片語 <u>to leave earlier</u>，做動詞 *asked* 的受詞。

(2) Dad *promised* <u>to take us to Disney World</u>.
（老爸答應帶我們去迪士尼樂園。）

帶有受詞 <u>us</u> 及地方副詞 <u>to Disney World</u> 的不定詞片語 <u>to take us to Disney World</u>，做動詞 *promised* 的受詞。

(3) *Try* <u>to finish your homework by ten o'clock</u>.
（試著在十點前把功課做完。）

帶有受詞 <u>your homework</u> 及時間副詞 <u>by ten o'clock</u> 的不定詞

片語 <u>to finish your homework by ten o'clock</u>，做動詞 *Try* 的受詞。

(4) <u>Where</u> do you *plan* <u>to go on your vacation</u>?
（你計畫上哪兒去度假呢？）

帶有時間副詞 <u>on your vacation</u> 的不定詞片語 <u>to go on your vacation</u>，作動詞 *plan* 的受詞。另外，同學們有沒有注意到句首的疑問副詞 <u>Where</u> 也劃了重點線？這個 <u>Where</u> 學問可大了，它不但是疑問副詞，還身兼地方副詞，修飾不定詞片語 <u>to go on your vacation</u>（上哪兒去度假），所以，這句子的不定詞片語當然也得算它一份。我們綜整一下，做動詞 *plan* 受詞的不定詞片語應該說是 <u>Where…to go on your vacation</u> 才算周延。

(5) After class everyone *wanted* <u>to go bowling</u>.
（下課後所有人都要去打保齡球。）

帶有現在分詞 <u>bowling</u> 做補語的不定詞片語 <u>to go bowling</u>，做動詞 *wanted* 的受詞。（分詞做補語的用法會在五大句型篇章裡進一步詳述）

(6) She *intends* <u>to write to him as soon as possible</u>.
（她打算儘快給他寫信。）

帶有地方副詞 <u>to him</u> 及時間副詞 <u>as soon as possible</u> 的不定詞片語 <u>to write to him as soon as possible</u>，做動詞 *intends* 的受詞。

(7) Don't *forget* <u>to bring your notebooks with you</u>.
（別忘了隨身帶你的筆記本。）

帶有受詞 <u>your notebooks</u> 及副詞 <u>with you</u> 的不定詞片語 <u>to bring your notebooks with you</u>，做動詞 *forget* 的受詞。

(8) John *refused* <u>to answer such a personal question</u>.

（John 拒絕回答這麼私人的問題。）

帶有受詞 <u>such a personal question</u> 的不定詞片語 <u>to answer such a personal question</u>，做動詞 *refused* 的受詞。

(9) I *have decided* <u>to stay in Taiwan for further study</u> because of the overseas spread of COVID-19.

（因爲國外新冠肺炎疫情的蔓延，我已經決定留在台灣進修。）

帶有地方副詞 <u>in Taiwan</u> 及另一個副詞片語 <u>for further study</u>（表「目的」）的不定詞片語 <u>to stay in Taiwan for further study</u>，做動詞 *have decided* 的受詞。

3.1.4 擔任介系詞的受詞

在第 2.4 節（p. 31）裡曾提到過，依照英文法規定，只有動名詞才能做介系詞的受詞，不定詞是不能放在介系詞後面做受詞的，但有極少數例外，分述如後：

(1) We can *do nothing but* <u>wait for her appearance</u>.

（我們除了等待她現身外，什麼事都不能做；亦即，我們只能等待她現身。）

這邊同學們要特別留意了，只要看到 *do nothing but* 這個片語出現，*but* 就不是我們所熟悉的連接詞「但是」，而是當介系詞「除了...外」（= except）用了，後面再接動狀詞做受詞時，一律接不定詞，而且是<u>不帶 to</u> 的不定詞（即原形不定詞），而不是動名詞，這點一定要牢記！就這個例句而言，帶有副詞片語 <u>for her appearance</u>（表「目的」）的原

形不定詞片語 <u>wait for her appearance</u>，做介系詞 *but* 的受詞。

(2) She could *do anything except* <u>be patient</u>.

（她除了耐性，什麼事都能做；亦即，她就是沒有耐性。）

同上句，只要看到 *do anything except* 這個片語，後面接動狀詞做受詞時，也只能接<u>不帶 to</u> 的不定詞（即原形不定詞），而非動名詞。就這個句子來講，帶有補語 <u>patient</u> 的原形不定詞片語 <u>be patient</u>，做介系詞 *except* 的受詞。

(3) As it was getting dark, they *had no choice/alternative but* <u>to stop for the night at a local inn</u>.

（由於天色漸黑，他們別無選擇，只能在一家當地小旅店過夜。）

這句也一樣，同學們如果看到 *have no choice/alternative but* 這個動詞片語出現在句中，這個 *but* 也不做連接詞「但是」解，而是當<u>介系詞</u>「除了...外」（= except）用，後面接動狀詞做受詞時，也只能接不定詞，不過跟上面兩個例句不同的是，這裡必須接<u>帶 to</u> 的不定詞，而不是<u>不帶 to</u> 的不定詞，同學們可千萬不要跟上面兩個用法搞混了！就這個句子來說，帶有副詞片語 <u>for the night</u>（表「目的」）及地方副詞 <u>at a local inn</u> 的不定詞片語 <u>to stop for the night at a local inn</u>，做介系詞 *but* 的受詞。

附註：but 大多做連接詞用，做介系詞用時與 except（除了...外）幾乎同義，通常前面都會有 all、every、any、no 或它們的複合字（如 everybody、anything、nobody 等），同學們可再回頭看一下例(1)、例(2)及例(3)驗證，我們再舉幾個例子：

All but one passenger were rescued.

（除了一位乘客外，全都獲救。）

Everybody went camping *but* him.

（除了他之外，大家都去露營了。）

There is *nothing but* trees in the park.

（公園裡除了樹木外什麼都沒有。）

3.1.5 擔任受詞補語

所謂受詞補語，簡單來說，就是用來補充說明受詞的詞語，
沒有了它，句意就不夠完整，句就不成句了，例如：

(1) She advised him …

（她建議他…）

恐怕沒人聽得懂這句話在說什麼，但如果這麼說：

(2) She advised *him* to leave before sunrise.

（她建議他日出前離開。）

大家就都聽懂了，關鍵就在於例(1)缺少了受詞補語，句意
不夠完整，而例(2)的受詞 *him* 後面有了受詞補語 to leave
before sunrise，進一步補充說明主詞建議受詞該做的事，大
家才聽得懂。又如：

(3) The supervisor warned the test takers …

（監考官警告考生…）

這句雖聽懂了，但總覺得有甚麼沒交代清楚，然而，如果
這麼說：

(4) The supervisor warned *the test takers* <u>not to cheat</u>.
（監考官警告考生不得作弊。）

　　大家又都聽懂了，其原因還是在於例(3)缺少了受詞補語，句意自然不夠完整，而例(4)的受詞 *the test takers* 後面有了受詞補語 <u>not to cheat</u>，進一步補充說明主詞警告受詞不該做的事，這句話的句意才夠完整。有關受詞補語的功能，我們在五大句型篇章裡會做更詳細的解說。

再回到不定詞可擔任<u>受詞補語</u>；這是因為名詞在句子裡可以做受詞補語，所以，不定詞自然也可以做受詞補語，例(2)、例(4)就是，我們再多看幾個例子：

(5) They expect *their grandparents* <u>to stay for one more week</u>.
（他們盼望他們的祖父母再多待一週。）

　　帶有時間副詞 <u>for one more week</u> 的不定詞片語 <u>to stay for one more week</u>，做受詞 *their grandparents* 的受詞補語。

(6) Mrs. White persuaded *her husband* <u>to buy her a diamond ring</u>.
（White 太太說服她丈夫給她買只鑽戒。）

　　帶有間接受詞 <u>her</u> 與直接受詞 <u>a diamond ring</u> 的不定詞片語 <u>to buy her a diamond ring</u>，做受詞 *her husband* 的受詞補語。（有關<u>間接受詞</u>及<u>直接受詞</u>的部分，我們在五大句型篇章裡會做更詳細的解說。）

(7) The kids got *their mother* <u>to let them play outside</u>.
（這些孩子要他們的媽媽讓他們在外頭玩耍。）

　　劃了重點線的的不定詞片語 <u>to let them play outside</u>，做受詞 *their mother* 的受詞補語。由於這個不定詞片語的主角是 <u>to let</u>，來自使役動詞 let，接了受詞 <u>them</u> 後，當然要接<u>不帶 to</u>

的不定詞（即原形不定詞）來表達「允許/讓某人做某事」，所以，受詞 <u>them</u> 後面的 <u>play</u> 可不是動詞，而是不定詞，只不過<u>不帶 to</u>，這點不可不察。另外，這個原形不定詞還帶有地方副詞 <u>outside</u> 來修飾它，同學應該也都注意到了吧？（使役動詞的部分，容待後面再討論。）

(8) Did you hear *the telephone* <u>ring</u>?
（你聽到電話鈴聲響了嗎？）

<u>不帶 to</u> 的不定詞（即原形不定詞）<u>ring</u>，做受詞 *the telephone* 的受詞補語。為什麼這裡要用<u>不帶 to</u> 的不定詞，同學想起來沒有？因為本句的動詞 hear 是感官動詞，接了受詞 *the telephone* 後，是可以接<u>不帶 to</u> 的不定詞來表達「主詞感知/感受到受詞…」。（感官動詞的部分，稍後也會再討論。）

(9) The students listened to *the teacher* <u>explain the rules</u>.
（學生們聽老師講解這些規則。）

帶有受詞 <u>the rules</u> 的原形不定詞片語 <u>explain the rules</u>，做受詞 *the teacher* 的受詞補語。至於為何這裡也是用原形不定詞片語，理由同上句，因為本句的動詞片語 listened to 也是感官動詞。

(10) We saw *the plane* <u>fly eastward</u>.
（我們看到飛機朝東飛去。）

帶有地方副詞 <u>eastward</u> 的原形不定詞片語 <u>fly eastward</u>，做受詞 *the plane* 的受詞補語。這裡的原形不定詞還是受了感官動詞 saw 的影響。

(11) She felt *the man* <u>touch her on the shoulder</u>.
（她感覺這男人碰觸了她肩膀。）

帶有受詞 <u>her</u> 及地方副詞 <u>on the shoulder</u> 的原形不定詞片語 <u>touch her on the shoulder</u>，做受詞 *the man* 的受詞補語。之所以用原形不定詞，當然還是受了感官動詞 felt 的影響。

(12) Father made *me* <u>clean the garage</u>.
（爸爸要我打掃車庫。）

帶有受詞 <u>the garage</u> 的原形不定詞片語 <u>clean the garage</u>，做受詞 *me* 的受詞補語。這兒我們還是只能用原形不定詞，因為本句的動詞 made 是使役動詞。

(13) The teacher had *the students* <u>read the sentence again</u>.
（老師要學生們把這句子再讀一遍。）

帶有受詞 <u>the sentence</u> 及副詞修飾語 <u>again</u> 的原形不定詞片語 <u>read the sentence again</u>，做受詞 *the students* 的受詞補語。這裡的原形不定詞還是受了使役動詞 had 的影響。

(14) The girl helped *the old lady* <u>cross the street</u>.
（這女孩幫助這老婦人過馬路。）

帶有受詞 <u>the street</u> 的原形不定詞片語 <u>cross the street</u>，做受詞 *the old lady* 的受詞補語。這裡之所以用原形不定詞，是受了動詞 helped 的影響。這兒同學要留意的是，在傳統英語裡，動詞 help 並沒有被劃歸在使役動詞裡，所以，接了受詞後，再接受詞補語時，是接帶 <u>to</u> 的不定詞來做受詞補語的，如：

(15) The girl helped *the old lady* <u>to cross the street</u>.

（這女孩幫助這老婦人過馬路。）

但是現代美語有把它當使役動詞來用的**趨勢**，而且，不管它後面有沒有接受詞，只要是表達「幫助做...（不接受詞）」或「幫助...做...（有受詞）」，這個「做...」都用<u>原形不定詞</u>來表示，如：

I *help* <u>water</u> the flowers.

（我幫忙澆花。）

I *help my father* <u>water</u> the flowers.

（我幫我爸澆花。）

所以有些人士乾脆就稱 help 為「半使役動詞」，下次同學們再聽到有人這麼稱呼這個動詞，應該就不會覺得陌生了。

(16) Mr. Chang let *the students* <u>take a break</u>.

（張老師讓學生下課休息。）

帶有受詞 <u>a break</u> 的原形不定詞片語 <u>take a break</u>，做受詞 *the students* 的受詞補語。這裡的原形不定詞當然是受了使役動詞 let 的影響。這邊要順便提醒同學，我們中文說「張老師」，翻成英文可不能直接說成「Teacher Chang」，這是會鬧笑話的。同學們要知道，「teacher」這個字只是個職稱，並不是頭銜，不能冠在姓氏前做稱謂用，所以要稱某某老師，如果是位男老師，我們就稱「Mr. ...」，如同本例句；如果這位老師是一位未婚女士，我們就稱「Miss. ...」；已婚的，就稱「Mrs. ...」；如不知道這位女老師的婚姻狀態，就用「Ms. ...」來稱呼即可。下回碰到外國老師，可千萬別叫錯了。

3.2 做形容詞使用

不定詞在句子裡常做形容詞用，修飾名詞。要特別注意的是，由於不定詞都是至少兩個字（to + 原形動詞）或兩個字以上的片語，所以通常都是放在被修飾的名詞後面，即「後位修飾」，這與中文的字序是不同的，如果忘記這樣的概念，可以翻回第一章第 3.1 節（p. 17）稍微複習一下。如：

(1) I have a lot of *work* to do this afternoon.

（今天下午我有很多要做的*工作*。）

不定詞片語 to do 當形容詞用，後位修飾前面的名詞 *work*。同學們可以仔細觀察中、英文字序不同處，接下來各例句也是。

附註：本節英文例句後面的中譯是爲了要強調中、英文字序差異，跟我們日常生活裡所講的中文可能會有些不同，例如，本句的日常中文也許會說成「今天下午我有很多工作要做」，底下各例句也是如此。

(2) This is a nice *place* to rest.

（這是個能休息的好*地方*。）

不定詞片語 to rest 當形容詞用，後位修飾前面的名詞 *place*。

(3) I know a good *book* for you to read.

（我知道一本你能唸的好*書*。）

帶有意義上的主詞 for you 的不定詞片語 for you to read 當形容詞用，後位修飾前面的名詞 *book*。

(4) Is there *anything* <u>to eat</u> in the refrigerator?
（冰箱裡有沒有<u>能吃的</u>*東西*？）

不定詞片語 <u>to eat</u> 當形容詞用，後位修飾前面的名詞 *anything*。

(5) Tina has no *one* <u>to go with her for the party</u>.
（Tina 沒有<u>能和她去參加派對的</u>人。）

帶有副詞 <u>with her</u> 及地方副詞 <u>for the party</u> 的不定詞片語 <u>to go with her for the party</u> 當形容詞用，後位修飾前面的不定代名詞 *one*。

(6) His *efforts* <u>to act as an English teacher</u> paid off.
（他<u>想當英文老師的</u>努力成功了。）

帶有副詞 <u>as an English teacher</u> 的不定詞片語 <u>to act as an English teacher</u> 當形容詞用，後位修飾前面的名詞 *efforts*。

(7) The best *time* <u>for him to leave</u> is early morning.
（他<u>離開的</u>最佳時機是清晨。）

帶有意義上的主詞 <u>for him</u> 的不定詞片語 <u>for him to leave</u> 當形容詞用，後位修飾前面的名詞 *time*。

(8) Please give the students some *assignments* <u>to do</u>.
（請給學生們些<u>該做的</u>*作業*。）

不定詞片語 <u>to do</u> 當形容詞用，後位修飾前面的名詞 *assignments*。

(9) Her *request* <u>to take one day off</u> has been granted.
（她<u>要請一天假的</u>*請求*已被允許。）

帶有受詞 <u>one day</u> 及副詞 <u>off</u> 的不定詞片語 <u>to take one day off</u> 當形容詞用，後位修飾前面的名詞 *request*。

(10) His *determination* <u>to win the election</u> makes him work hard.
（他要<u>贏得選舉的</u>*決心*讓他努力拉票。）

帶有受詞 <u>the election</u> 的不定詞片語 <u>to win the election</u> 當形容詞用，後位修飾前面的名詞 *determination*。

(11) Helen's *ability* <u>to speak two languages</u> helped her find a good job.
（Helen <u>能說兩種語言的</u>*能力*幫她找到好工作）

帶有受詞 <u>two languages</u> 的不定詞片語 <u>to speak two languages</u> 當形容詞用，後位修飾前面的名詞 *ability*。

(12) I have *nothing* <u>to do with this case</u>.
（我跟這案子毫無關係/聯。）

帶有副詞 <u>with this case</u> 的不定詞片語 <u>to do with this case</u> 當形容詞用，後位修飾前面的名詞 *nothing*。看完這句，大概有些同學已經發現，這個例句裡不定詞片語的中譯好像跟它修飾的名詞沒搭上線，因為，「have ... to do with ...」是個慣用語，中文無法直譯，一般就翻作「與...有...關係/聯」，如：

He has <u>a lot/much to do with</u> the scandal.
（他<u>與</u>這樁醜聞<u>大有關係/聯</u>。）

He has <u>something to do with</u> the scandal.
（他<u>與</u>這樁醜聞<u>有些關係/聯</u>。）

He has <u>little to do with</u> the scandal.
（他<u>與</u>這樁醜聞<u>沒什麼關係/聯</u>。）

He <u>has nothing to do with</u> the scandal.
（他<u>與</u>這樁醜聞<u>毫無關係/聯</u>。）

3.3 做副詞使用

副詞在句中可以修飾<u>動詞</u>/<u>動狀詞</u>、<u>形容詞</u>、其它<u>副詞</u>甚至<u>全句</u>；不定詞既然能充當副詞用，在句子裡自然也能做副詞的事，分述如後：

3.3.1 修飾動詞或動狀詞

副詞在句中可以修飾動詞或動狀詞，充當副詞用的不定詞當然也能在句中修飾動詞或動狀詞，此時，這些做副詞用的不定詞大多表「目的」、「結果」或「條件」，如：

(1) Tom *left home* (<u>in order</u>) to join the Army.
（Tom 離家從軍去。）

帶有受詞 <u>the Army</u> 的不定詞片語(<u>in order</u>) to join the Army，在本句就是做爲表「目的」的副詞，修飾動詞片語 *left home*，也就是說明主詞 *left home* 的目的就是要 <u>to join the Army</u>。在這裡要順便一提的是，表「目的」的不定詞前面常會有 <u>in order</u> 來加強語氣，若沒有特別強調，拿掉它是不影響句意的。

(2) She *watches TV* (<u>so as</u>) to relax after school.
（她放學後看電視來舒壓。）

不定詞片語(<u>so as</u>) to relax 做爲表「目的」的副詞，修飾動詞片語 *watches TV*，說明主詞 *watches TV* 的目的就是要 <u>to relax</u>。表「目的」的不定詞前面也常會有 <u>so as</u> 來加強語

氣，若非特別強調，拿掉它自然也不會影響句意。

(3) Jane *went to Los Angeles* <u>to become a movie star</u>.
（Jane 到洛杉磯後成了電影明星。）

帶有補語 <u>a movie star</u> 的不定詞片語 <u>to become a movie star</u>，在本句做為表「結果」的副詞，修飾動詞片語 *went to Los Angeles*，說明主詞 *went to Los Angeles* 的結果就是 <u>to become a movie star</u>。

附註：表「目的」與表「結果」的不定詞含義是不同的，表「目的」只是說明主詞做某事的目的為何，其結果尚不得而知；而表「結果」當然是說明主詞做了某事後的結果；不過，如果表「目的」的不定詞前省略了 in order 或 so as，只保留「to + 原形動詞」，這時，與表「結果」的不定詞「to + 原形動詞」便長得一模一樣，所以，有時候光看單句可能看不出來到底是表「目的」或「結果」，例如，例(1)句中不定詞前的 in order 拿掉後（Tom *left home* <u>to join the Army</u>）也能譯為「Tom 離家從軍去了」，這時，不定詞 <u>to join the Army</u> 顯然變成說明離家後的結果—當兵去了，因此，有時候還得靠上下文意來判斷是表「目的」或「結果」，例如：

(4) Tom got up early <u>to catch the first train</u>, but he had a car accident on his way and thus missed it.
（Tom 早起想趕上首班火車，但在途中他出了車禍，因此錯過了那班火車。）

(5) Tom got up early <u>to catch the first train</u>, and then he took a nap on the train as usual.

（Tom 早起趕上首班火車，然後他就如往常般在車上打個盹。）

上兩句的前半段完全相同（Tom got up early <u>to catch the first train</u>），如果沒有後半段，不定詞 <u>to catch the first train</u> 可能表「目的」（Tom 早起是想趕上首班火車，結果還不得而知），也可能表「結果」（Tom 早起趕上首班火車了）。當然，如果不定詞本身的意思夠清楚，是不會造成誤解的，如例(3)的 <u>to become</u> a movie star（成<u>了</u>電影明星），一看就知道是說明「結果」的。

(6) Mr. Blair *returned home* <u>only to find his pet dog gone</u>.

（Blair 先生回到家卻發覺他的寵物犬不見了。）

帶有副詞 <u>only</u>、受詞 <u>his pet dog</u> 及受詞補語 <u>gone</u> 的不定詞片語 <u>only to find his pet dog gone</u>，在這兒也是當作表「結果」的副詞，修飾動詞片語 *returned home*，也就是說明主詞 *returned home* 的結果是 <u>only to find his pet dog gone</u>。

附註：如果要強調這個結果是令人「失望」的，我們可以在表「結果」的不定詞前加上 only（如上例），來表達「卻...」的含義。我們再舉一例：

(7) He *bought another lottery ticket* <u>only to win nothing again</u>.

（他又買了張樂透卻再度槓龜。）

帶有副詞 <u>only</u>、受詞 <u>nothing</u> 及另一個副詞修飾語 <u>again</u> 的不定詞片語 <u>only to win nothing again</u>，表達的就是令人「失望」的「結果」。

(8) To hear him sing, people *may take him for a girl.*

（假如聽到他唱歌，人們會以為他是個女生。）

帶有受詞 him 及受詞補語 sing 的不定詞片語 To hear him sing，在本句是當做表「條件」的副詞，修飾動詞片語 *may take him for a girl*。這樣的句構裡，不定詞片語就等於一個表條件的副詞子句。所以，本句也可以改寫成下句：

If people hear him sing, they may take him for a girl.

(9) You *will make a great mistake* to take her bribe.

（如果接受她的賄賂，你就犯下大錯了。）

帶有受詞 her bribe 的不定詞片語 to take her bribe，在本句也是做為表「條件」的副詞，修飾動詞片語 *will make a great mistake*。當然，本句也可以改寫成：

You will make a great mistake if you take her bribe.

3.3.2 修飾形容詞

副詞在句中可以修飾形容詞，充當副詞用的不定詞自然也能在句中修飾形容詞，此時，這些做副詞用的不定詞大多表「原因或理由」，如：

(1) She is *happy* to see him again.

（她很開心能再次看到他。）

帶有受詞 him 及副詞修飾語 again 的不定詞片語 to see him again，在本句就是當做表「原因/理由」的副詞，修飾形容詞 *happy*，也就是說明主詞為何感到 *happy* 的原因/理由。

(2) Tom is *eager* to run his own business.
（Tom 渴望能自己創業。）

帶有受詞 his own business 的不定詞片語 to run his own business，在本句也是當做表「原因/理由」的副詞，修飾形容詞 *eager*，也就是說明主詞為何感到 *eager* 的原因/理由。

(3) Rita said she felt *sorry* to have missed you.
（Rita 說她對於沒與你碰面感到遺憾。）

帶有受詞 you 的不定詞片語 to have missed you，在本句就是做為表「原因/理由」的副詞，修飾形容詞 *sorry*，也就是說明主詞為何感到 *sorry* 的原因/理由。另外，同學們應該都注意到這個不定詞片語是個完成式吧！當我們要強調不定詞這個動作或狀態發生的時間，要早於句子/子句的動詞發生的時間時，就必須用完成式來表示。就這個例句而言，當然是先沒碰到面（先發生），後感到遺憾（後發生）。

附註：不定詞完成式與動名詞完成式的使用時機是不相同的，不定詞動作或狀態發生的時間，只要早於句子/子句裡動詞發生的時間，就必須用完成式來表示；而動名詞並沒有強制規定，它發生的時間早於句子/子句動詞發生的時間時，簡單式或完成式都能使用，同學們如果不小心忘了，請趕緊回頭參閱第 2.3 節例(2)（p. 28）的說明。

(4) She is *careful* not to be exposed in the sun.
（她小心翼翼不要曝曬在陽光下。）

帶有地方副詞 in the sun 的否定不定詞片語 not to be exposed in the sun，在本句就是當做表「原因/理由」的副詞，修飾形容詞 careful，也就是說明主詞為何要 careful 的原因/理由。此外，如同動名詞，不定詞在表示被動含義時，也必須用被動式，就如本句，expose 原是及物動詞（讓受詞暴露在...下），在句子裡必須有受詞（有關動詞及不及物等性質，我們在第四章會詳述），如：

He exposed the bike to the wind and sun.
（他讓那輛腳踏車暴露在風、日下；亦即，他任由那輛腳踏車風吹日曬。）

我們再把它改為被動式：

The bike was exposed to the wind and sun.
（那輛腳踏車任由風吹日曬。）

所以，例(4)的不定詞片語 not to be exposed in the sun 自然也得用被動式。當然，若想用主動語態來表示也行，如下句便是：

(5) She is careful not to expose herself in the sun.
（她小心翼翼不要把自己曝曬在陽光下。）

(6) The student is certain to pass next week's examination.
（這學生確信能通過下週的考試。）

帶有受詞 next week's examination 的不定詞片語 to pass next week's examination，在本句就是做為表「原因/理由」的副詞，修飾形容詞 certain，也就是說明主詞為何內心感到 certain 的原因/理由。

(7) The man is *content* <u>to eat such delicious food at this cafeteria</u>.

（這位男士對於能在這家自助餐館吃到這麼美味的食物感到滿足。）

帶有受詞 <u>such delicious food</u> 及地方副詞 <u>at this cafeteria</u> 的不定詞片語 <u>to eat such delicious food at this cafeteria</u>，在本句也是當做表「原因/理由」的副詞，修飾形容詞 *content*，也就是說明主詞為何感到 *content* 的原因/理由。

3.3.3 修飾副詞

副詞在句中也可以修飾其它副詞，所以，充當副詞用的不定詞自然也能在句中修飾其它副詞，這時候，這些做副詞用的不定詞大多修飾表「程度」的副詞，來表「<u>結果</u>」。如：

(1) This is *too* good <u>to be true</u>.

（這太好了，不可能是真的。）

帶有補語 <u>true</u> 的不定詞片語 <u>to be true</u>，在這裡就是做為表「結果」的副詞，修飾表「程度」的副詞 *too*，也就是說明「太...」的結果。同學們想必都很熟悉「too...to + 原形動詞」這個經典的用法，千萬別忘記了，too 後面的不定詞（to + 原形動詞）可是否定含義的哦！

(2) It's raining *too* heavily <u>for us to play at the park</u>.

（雨下太大了，我們無法去公園玩。）

這句的結構也是如此，帶有意義上的主詞 <u>for us</u> 及地方副詞 <u>at the park</u> 的不定詞片語 <u>for us to play at the park</u>，在句中就是做為表「結果」的副詞，修飾表「程度」的副詞 *too*，說明「太...」的結果。當然，這個不定詞還是具否定

含義的。

(3) The bananas are ripe *enough* <u>to eat</u> now.
（這些香蕉夠熟，現在能吃了。）

不定詞 <u>to eat</u> 就是表「結果」的副詞，修飾表「程度」的副詞 *enough*，說明「夠...」的結果。

(4) The woman drove fast *enough* <u>to get a speeding ticket</u>.
（這女士車開得夠快，吃了張超速罰單。）

帶有受詞 <u>a speeding ticket</u> 的不定詞片語 <u>to get a speeding ticket</u>，在句中就是做為表「結果」的副詞，修飾表「程度」的副詞 *enough*，說明「夠...」的結果。

(5) They didn't talk long *enough* <u>to know each other</u>.
（他們談得不夠久，不足以相互認識。）

帶有受詞 <u>each other</u> 的不定詞片語 <u>to know each other</u>，在本句也是做為表「結果」的副詞，修飾表「程度」的副詞 *enough*，因為這句是否定句，所以說明的當然是「不夠...」的結果。

(6) The lady is *so* young <u>as to look like a young girl</u>.
（這位女士這麼年輕，看起來像個年輕女孩。）

這句的「so...as to + 原形動詞」也是專門用來表示「結果」的經典用法。在這個句子裡，帶有補語 <u>like a young girl</u> 的不定詞片語 <u>to look like a young girl</u>，就是做為表「結果」的副詞，修飾表「程度」的副詞 *so*，說明「如此/這麼...」的結果。

3.3.4 修飾全句

副詞在句中可以放在句首修飾全句，因此，充當副詞用的不定詞當然也能在句中放在句首修飾全句，如：

(1) <u>To be honest</u>, he is not a trustworthy man.
（老實說，他不是個能信賴的人。）

(2) <u>To put it briefly</u>, your work is unsatisfactory.
（簡單地說，你的工作不令人滿意。）

(3) <u>Needless to say</u>, she was very angry.
（不用說，她非常生氣。）

(4) <u>Strange to say/mention</u>, he can't read or write his mother tongue.
（說也奇怪，他既看不懂也不會寫自己的母語。）

上面四句放在句首的不定詞片語 <u>To be honest</u>、<u>To put it briefly</u>、<u>Needless to say</u> 及 <u>Strange to say/mention</u>，都是修飾全句的不定詞片語，也稱為獨立不定詞（Absolute Infinitive）。這邊要提醒同學一下，例(2)句首的 <u>To put it briefly</u> 的 put 可不是「放；置；擱」的意思，而是做「表達；說明」解，這樣的用法在英文裡是常見的，如：

Let me <u>put</u> it this way.
（讓我這麼說吧。）

Can you <u>put</u> your question in simple words?
（你能用簡單的話來說明你的問題嗎？）

瞭解了<u>不定詞</u>可在句子擔任<u>名詞</u>、<u>形容詞</u>及<u>副詞</u>的角色過後，還有幾個重點必須一提，分述如後：

3.4 不定詞意義上的主詞

就文法而言，不定詞與動名詞一樣，在句子裡是不會有主詞的，只有動詞才有主詞，但是，就句意而言，無論不定詞或動名詞，都是來自動詞，不管它表示的是動作或狀態，總有它的發起者；就不定詞而言，這個發起者我們就稱為不定詞意義上的主詞。

3.4.1 常見的不定詞意義上的主詞

一般來說，不定詞意義上的主詞極容易從句意判斷出來，如：

(1) *She* hopes to see you again.
（她希望再次見到你。）

從句意就可以輕易判斷出，句子的主詞 *She* 就是不定詞片語 to see you 意義上的主詞。

(2) The host urged *them* to stay a bit longer.
（主人促請他們多待一會兒。）

這句話從句意應該也很容易就得知，句中動詞的受詞 *them*，就是不定詞片語 to stay a bit longer 意義上的主詞。

(3) My parents expect *me* to become a scientist.
（我父母期盼我能成為科學家。）

這句動詞的受詞 *me* 就是不定詞片語 to become a scientist 意義上的主詞，應該也很容易從句意得知。

3.4.2 介系詞「for」引出不定詞意義上的主詞

也就是說，可將「for + 受詞」放在不定詞前，這時，介系詞 for 的受詞即是不定詞<u>意義上</u>的<u>主詞</u>，如：

(1) It's time *for us* <u>to get going now</u>.
（該是我們動身的時候了。）

放在不定詞 <u>to get going now</u> 前的 *for us* 當中的「*us*」，就是不定詞片語 <u>to get going now</u> 意義上的主詞。

(2) This box is too heavy *for her* <u>to lift</u>.
（這箱子太重了她扛不動。）

放在不定詞 <u>to lift</u> 前的 *for her* 當中的「*her*」，就是不定詞 <u>to lift</u> 意義上的主詞。

(3) It is awful *for the children* <u>not to learn English</u>.
（這些小孩沒學英文，眞糟糕。）

放在否定的不定詞片語 <u>not to learn English</u> 前的 *for the children* 當中的「*the children*」，就是不定詞片語 <u>not to learn English</u> 意義上的主詞。

(4) It was nice *of you* <u>to invite me to your party</u>.
（你你人眞好，邀請我參加你的派對。）

同學們請仔細觀察這個句子，放在不定詞片語 <u>to invite me to your party</u> 前的是「*of you*」，不是「*for you*」。當然，不定詞片語 <u>to invite me to your party</u> 意義上的主詞仍然是「*you*」，只不過須由介系詞 of 引出，而非介系詞 for。看到這裡，同學們心裡可能會有些疑惑，爲何例(1)至(3)句中不定詞

意義上的主詞都是放在「*for*」後面，而本句卻是放在「*of*」後面呢？莫慌，且聽下節細細道來。

3.4.3 「of」？「for」？

首先，不定詞意義上的主詞由介系詞「of」引出的情形，只會出現在「把虛主詞 It 放句首，後接形容詞，再把真正的主詞，也就是不定詞片語放到句末」的結構裡，也就是俗稱的「It...to...」句型裡。形式如下：

It is ＋ 形容詞 ＋ of ＋ 受詞（不定詞意義上的主詞）＋ 不定詞

當然，這樣的句構，不定詞意義上的主詞也可能由介系詞「for」引出，如上節的例(3)，那麼，要如何判斷什麼情況下用「of」，什麼情況下用「for」呢？關鍵就在於虛主詞 It 後面的形容詞，如果它是針對不定詞意義上的主詞做評論，我們就用「of」，若它是針對整個不定詞片語加以評論，我們就用「for」，如：

(1) It is <u>wise</u> *of you* to quit drinking.
（你要戒酒，你很明智。）

　　顯然，「wise（明智的）」這個形容詞是針對不定詞意義上的主詞「*you*」來做評論，因為，「人」才會明智，「不定詞片語（事件）」是不會明智的。再看下一句：

(2) It is <u>important</u> *for you* to quit drinking.
（你要戒酒，這很重要。）

　　很明顯，<u>important</u>（重要的）這個形容詞是針對整個<u>不定詞片語</u>「*for you* to quit drinking」（包含意義上的主詞 you）加以評論，也就是說，「你要戒酒」這件事很重要，當然不

是「你」這個人很重要囉！

為求慎重，我們還有一個辦法來判斷到底是用「of」或「for」。既然「of」前面的<u>形容詞</u>只針對不定詞<u>意義上的主詞</u>做評論，那麼，這個意義上的主詞就能還原成<u>文法上的主詞</u>，反之，則用「for」。所以，例(1)就能改寫成：

(3) *You* are <u>wise</u> to quit drinking.

上節的的例(4)也能改寫成：

(4) *You* were <u>nice</u> to invite me to your party.

因此，下面的幾個例句也都只能用「of」，而非「for」：

(5) It was <u>stupid</u> *of her* to make such a mistake.

　（＝ She was stupid to make such a mistake. ）
　（她實在愚蠢，犯了這樣的錯。）

(6) It was <u>cruel</u> *of him* to abandon his dog.

　（＝ He was cruel to abandon his dog. ）
　（他棄養他的狗，太殘忍了。）

(7) It was <u>generous</u> *of Tom* to treat me to a big meal.

　（＝ Tom was generous to treat me to a big meal. ）
　（Tom 很慷慨，請我吃大餐。）

(8) It is <u>polite</u> *of her* to say "please" when she is asking for something.

　（＝ She is polite to say "please" when she is asking for something. ）
　（她很有禮貌，在要求某事時都會說「請」。）

3.5 不定詞意義上的受詞

不定詞是來自動詞，如果是來自及物動詞，後面自然要有受詞；如果是來自不及物動詞，接了介系詞後，也會有受詞，同學可以回頭再看看前面的例句，但是，在很多帶有這類不定詞的句子裡，我們卻常看不到後面的受詞，其實並不是沒有，而是因為它們在句中已經有了意義上的受詞，當然不能再接其它受詞了。如何判斷不定詞到底具不具意義上的受詞呢？很簡單，同學們只要把握住一個原則就可以了，那就是：「在帶有不定詞的句子裡，只要看得到它意義上的受詞，這個不定詞即有了受詞」。說明如後：

3.5.1 句子的主詞就是不定詞意義上的受詞

(1) *The question* is hard <u>to answer</u>.
（這問題很難回答。）

不定詞 <u>to answer</u> 意義上的受詞就是本句的主詞 *The question*。由於這不定詞已經有了意義上的受詞了，可千萬不要多事，在不定詞後又加了受詞，形成：

The question is hard <u>to answer it</u>.（？）

這麼寫，就壞了大事啦！

(2) *This book* is quite easy <u>to read</u>.
（這本書相當好唸。）

不定詞 <u>to read</u> 意義上的受詞就是本句的主詞 *This book*。

(3) *A good teacher* like Tom is difficult <u>to find</u>.
（像 Tom 這樣的好老師很難找得到。）

不定詞 <u>to find</u> 意義上的受詞就是本句的主詞 *A good teacher*。

(4) *This apartment* is very nice <u>to live in</u>.
（這棟公寓住起來很舒適。）

不定詞 <u>to live in</u> 意義上的受詞就是本句的主詞 *This apartment*。這裡同學們要特別留意的是，不定詞 <u>to live</u> 是來自<u>不及物動詞</u> live，既然這個不定詞在句子裡已經有了意義上的受詞了，一定要有<u>介系詞</u> in，否則，是不可能有受詞的，所以，如寫成下句，就不合邏輯了：

This apartment is very nice <u>to live</u>.（？）

這麼寫，就永遠住不進公寓裡頭囉！

(5) *The narrow mountain road* is dangerous <u>to drive on</u>.
（這狹窄的山路開在上面挺危險的。）

不定詞 <u>to drive on</u> 意義上的受詞就是本句的主詞 *The narrow mountain road*。如同上句，這個不定詞後面的<u>介系詞</u> on 千萬別漏掉了，否則，是永遠開不上山路的。

3.5.2 不定詞所修飾的(代)名詞就是不定詞意義上的受詞

(1) I have *nothing* <u>to do</u>.
（我無事可做。）

不定詞 <u>to do</u> 意義上的受詞就是它所修飾的代名詞 *nothing*。

(2) The boy needs *a friend* <u>to play with</u>.
（這男孩需要個能一起玩的朋友。）

不定詞片語 <u>to play with</u> 意義上的受詞就是它所修飾的名詞 *a friend*。這邊同學們一定要特別小心，絕對不要忽略了這個不定詞片語後面的介系詞 with，如果寫成：

The boy needs *a friend* <u>to play</u>.（？）

這句話的意思就成了「這男孩需要個能玩的朋友」，那這個男孩也太變態了吧！

(3) She needs *someone* <u>to talk to</u>.
（她需要一個談話的對象。）

不定詞片語 <u>to talk to</u> 意義上的受詞就是它所修飾的代名詞 *someone*。這個不定詞片語後面的介系詞 to 也絕不能省略，因為不定詞 <u>to talk</u> 是來自<u>不及物</u>動詞 talk，沒有先接介系詞 to，是不可能有受詞的。

(4) The first days in a new job are sometimes difficult. There are *new people* <u>to meet</u>, *new places* <u>to locate</u>, and *new things* <u>to learn</u>.
（新工作的頭幾天會難些，有新朋友要見面，新場所要熟悉，還有要學習的新事物。）

第一個不定詞 <u>to meet</u> 意義上的受詞就是它所修飾的名詞 *new people*，第二個不定詞 <u>to locate</u> 意義上的受詞就是它修飾的名詞 *new places*，而第三個不定詞 <u>to learn</u> 意義上的受詞自然就是它所修飾的名詞 *new things* 了。

3.6 「疑問詞 + 不定詞」形成名詞片語

這個結構大家應該都很熟悉了才是，但是，就怕有些同學只知其一，未知其二，這其中有些眉角還是得藉機釐清。首先，既然可以形成名詞片語，那麼，這個片語在句子裡就是當名詞用，可以做主詞、補語或受詞。連同其他要點分述如後：

3.6.1 「疑問副詞 + 不定詞」

如果這個放在不定詞前的疑問詞屬疑問副詞（如 when、where、how 等），切記，這些疑問副詞在形成的名詞片語裡還得充分發揮它副詞的功能，如：

(1) When to pick them up is still undecided.
（什麼時候去接他們尚未決定。）

名詞片語 When to pick them up 在本句做主詞；而就名詞片語本身而言，疑問副詞 When 除了具疑問詞性質外，還有副詞的功能，在片語裡就是修飾不定詞片語 to pick them up，說明了尚未決定的是「什麼時候」去接他們。

(2) The question is where to go for our vacation.
（問題是我們要去哪裡度假。）

名詞片語 where to go for our vacation 在本句做主詞補語；就名詞片語本身而言，疑問副詞 where 除了具疑問詞性質外，還有副詞的功能，在片語裡修飾不定詞片語 to go for our vacation，說明了這問題是我們要去「哪裡」度假。

(3) Can you tell me <u>how to contact Mr. Husband?</u>
（你能告訴我如何聯絡 Husband 先生嗎？）

名詞片語 <u>how to contact Mr. Husband</u> 在本句做動詞 tell 的<u>直接受詞</u>；就名詞片語本身而言，<u>疑問副詞</u> how 除了具<u>疑問詞性質</u>外，還有<u>副詞</u>的功能，在片語裡修飾不定詞片語 to contact Mr. Husband，說明了說話者想知道的是「如何」聯絡 Husband 先生。

3.6.2「疑問代名詞 ＋ 不定詞」

如果名詞片語是由<u>疑問代名詞</u>（如 who、what、which 等）和不定詞組成的，那麼，這些疑問代名詞在形成的名詞片語裡當然還兼具代名詞的角色，如：

(1) <u>Who(m) to invite</u> is not her concern.
（要邀請誰並非她所關心之事。）

名詞片語 <u>Who(m) to invite</u> 在本句做<u>主詞</u>；就名詞片語本身而言，<u>疑問代名詞</u> Who(m)除了具<u>疑問詞性質</u>外，還兼具<u>代名詞</u>的角色，在片語裡就做不定詞 to invite 的受詞，因為做受詞，按理講這個疑問代名詞應用受格 whom，不過，在沒那麼正式的場合，一般用 who 即可。

(2) I was wondering <u>what to do next</u>.
（我想知道下一步要做什麼。）

名詞片語 <u>what to do next</u> 在本句做動詞片語 was wondering 的<u>受詞</u>；就名詞片語本身而言，<u>疑問代名詞</u> what 除了具<u>疑問詞性質</u>外，還做<u>代名詞</u>，在名詞片語裡做不定詞片語 <u>to do next</u> 的受詞。

(3) The problem is <u>which to choose</u>.

（麻煩的是要選哪一個。）

名詞片語 <u>which to choose</u> 在本句做<u>主詞補語</u>；就名詞片語本身而言，<u>疑問代名詞</u> which 除了具疑問詞性質外，還做<u>代名詞</u>，在名詞片語裡做不定詞片語 <u>to choose</u> 的受詞。

3.6.3「whether + 不定詞」

因為 whether 這個疑問詞既不屬於疑問副詞，也不是疑問代名詞，它僅充當單純的<u>連接詞</u>，所以有必要單獨說明。首先，它形成的名詞片語在句中仍然當名詞用，這是無庸置疑的。另外，whether 既是純連接詞，它在所形成的名詞片語裡就只有單純表達「是否」的含義，沒有兼具其它角色了，如：

(1) <u>Whether to see a movie or (to) go shopping</u> is up to you.

（是否看電影或逛街由你決定。）

名詞片語 <u>Whether to see a movie or (to) go shopping</u> 在本句做<u>主詞</u>；順便一提，因為 whether 後面是接了兩個由<u>對等連接詞</u> or 連接的不定詞片語，所以第二個不定詞前的 to 是可以省略的；另外，就名詞片語本身而言，whether 僅充當連接詞，除了表達「是否」的含義，它並沒有其它任務。

(2) I don't know <u>whether to call her back</u>.

（我不知道是否要回她的電話。）

名詞片語 <u>whether to call her back</u> 在本句做動詞 don't know 的<u>受詞</u>；就名詞片語本身而言，whether 僅做連接詞用，並沒有兼具其它角色。同學們可以再回頭看看前兩節的各例句，比較一下這些疑問詞在片語中所扮演角色的不同處。

3.7 不帶 to 的不定詞（Bare Infinitive）

也叫做原形不定詞。同學們務必要特別留意這種不定詞，因為它跟動詞原形長得一模一樣，卻是截然不同的兩碼事。一般而言，句中有使役動詞或感官動詞時，就有可能會用到不帶 to 的不定詞，分述如後：

3.7.1 使役動詞之後的不定詞

使役動詞 make、have、bid、let 之後的不定詞必須用不帶 to 的不定詞。還沒舉例前，得先說明一下這四個使役動詞的使用時機，首先，make 及 have 都可譯作「叫、要、讓」，但使用的場合不同；make 具有「迫使」的含義，語氣非常強烈，受詞不得不從，多半是上對下的用語；have 含有「吩咐」的語義，語氣雖沒 make 強烈，受詞也得服從。再說 bid，一般譯作「吩咐、命令」，是上對下的用語，不過這個字一般多用在文學作品中，日常用語已少見。最後，let 也常譯作「讓」，或乾脆不譯出，除了表「允許」外，也常用在表「建議」的場合。分別舉例說明如後：

(1) The commander *made* his men march all day.
（指揮官要他的手下終日行軍。）

使役動詞 *made* 之後接不帶 to 的不定詞片語 march all day，說明主詞「迫使」受詞做的事，受詞是非做不可的。這邊同學們要特別留意使役動詞 *made* 的中譯「要」，這個「要」可不是一般用語「要不要」的「要」，如果這個句子是中譯英，一定要看句意來翻譯，絕對不要看字譯字，否則，原來的句意會走味的。

(2) The teacher *had* the students <u>close</u> their books.
（老師叫學生們閤起書本。）

使役動詞 *had* 之後接<u>不帶 to</u> 的不定詞片語 <u>close</u> their books，說明主詞「吩咐」受詞做的事，語氣雖不強烈，受詞仍得照做。這裡使役動詞 *had* 譯作「叫」，應該相當符合我們說話的習慣，如同上句，如果中譯英，這個表「吩咐」的「叫」字可千萬別英譯成 call（「喊叫」的「叫」）了，這是很多初學者會犯的錯誤，同學們務必要當心。

(3) He *bade* the servant <u>carry</u> the box upstairs.
（他吩咐僕人把箱子扛上樓。）

使役動詞 *bade* 之後接<u>不帶 to</u> 的不定詞片語 <u>carry</u> the box upstairs，說明主詞「吩咐」受詞做的事。

(4) Will the manager *let* us <u>leave</u> early today?
（今天經理會讓我們早點離開嗎？）

使役動詞 *let* 在本句是表「允許」，後面接<u>不帶 to</u> 的不定詞片語 <u>leave</u> early，說明主詞「允許」受詞做的事。要注意到使役動詞 *let* 表「允許」時常譯作「讓」，如本句中譯，然而，使役動詞 make（表「迫使」）、have（表「吩咐」）也常譯作「讓」，如下列二句：

(5) She *made* me <u>do</u> it.
（她讓我做的。）

她「迫使」我做的，這不是我的本意。

(6) He *had* his son <u>go</u> instead.
（他讓他兒子代替他去）

他「吩咐」他兒子代替他去，並非他兒子自己想去。

這兩句的「讓」是絕對不同於例(4)表「允許」的「讓」，所以，中譯英時碰到「讓」字，可得先搞清楚是哪個「讓」，再下筆了。

(7) *Let's* <u>go</u> to that cafeteria again.

（我們再去那家自助餐館吧。）

使役動詞 *let* 在本句則是表「建議」，後面接<u>不帶 to</u> 的不定詞片語 go to that cafeteria again，說明說話者「建議」聽話者（含說話者在內）一起做某事。這種情形，使役動詞 let 通常是無需譯出的。

3.7.2 「半使役動詞」help 之後的不定詞

「半使役動詞」help 之後也可用<u>不帶 to</u> 的不定詞。為何叫做「半使役動詞」，這部分，同學可參閱本章第 3.1.5 節例(14)（p. 55）與例(15)（p. 56）的說明，這裡就不再贅述，我們直接舉例：

(1) Please *help* me (to) <u>find</u> the key to the front door.

（請幫我找一下前門的鑰匙。）

半使役動詞 *help* 之後可接<u>不帶 to</u> 的不定詞片語 <u>find</u> the key to the front door。

(2) She *helped* her mother (to) <u>do</u> the dishes after dinner.

（她晚飯後幫助母親洗碗盤。）

半使役動詞 *help* 之後可接<u>不帶 to</u> 的不定詞片語 <u>do</u> the dishes。

3.7.3 感官動詞（Verbs of Perceiving）之後的不定詞

感官動詞後面接不定詞時，須接<u>不帶 to</u> 的不定詞。如：

(1) Did you *see* her <u>dance</u> last night?
（你昨晚看到她跳舞了嗎？）

(2) They *watched* the plane <u>fly</u> southward.
（他們看著那架飛機朝南飛去。）

(3) I have never *heard* him <u>speak</u> Spanish.
（我從未聽過他說西班牙語。）

(4) Did you *listen to* her <u>talk</u> to James yesterday morning?
（你昨天早上有聽到她跟 James 講話嗎？）

(5) She *felt* someone <u>touch</u> her on the shoulder.
（她感到有人碰了她肩膀。）

(6) I didn't *notice* anyone <u>come</u> into the room.
（我沒有注意到有人進到這個房間來。）

(7) He *looked at* the cat <u>jump</u> onto the roof.
（他望著貓跳上屋頂。）

上面例句都屬短句，感官動詞後頭只跟到一個不定詞，同學們造這樣的句子時不太會犯錯，但如果長一點的句子，感官動詞後面的不定詞不止一個時，就得格外當心，因為長句中第二個或第三個不定詞往往距離感官動詞遠些，如果警覺性不夠，錯把動詞當不定詞用，那是會鬧出笑話來的，如：

(8) I observed a man in all black enter the bank yesterday afternoon, take out a revolver from his overcoat pocket, and then yelled to the clerks behind the counter, "This is robbery!"（？）

（我昨天下午看到一個全身都穿黑色衣著的男人進入那家銀行，從大衣口袋掏出一把左輪手槍，然後對著櫃檯後的行員喊道：「這是搶劫！」）（？）

上句在沒有用*斜體字*或重點線標記的情況下，同學們有沒有看出來哪裡不對勁？中譯對嗎？再仔細看一次，這次我們按慣例，感官動詞以*斜體字*來表示，不定詞（不帶 to）則用重點線來標記：

(9) I *observed* a man in all black enter the bank yesterday afternoon, take out a revolver from his overcoat pocket, and then yelled to the clerks behind the counter, "This is robbery!"（？）

中譯是否應為：「我昨天下午看到一個全身都穿黑色衣著的男人進入那家銀行，從大衣口袋掏出一把左輪手槍，我便對著櫃檯後的行員喊道：「這是搶劫！」）

如此一來，公親變事主，原來純粹只是見義勇為作證詞，結果話才講完竟被上銬收押了！問題就出在感官動詞之後的第三個不定詞（不帶 to）被誤寫成本句的第二個動詞了（I *observed* ..., and *yelled* ... ），正確的寫法應該是：

(10) I *observed* a man in all black enter the bank yesterday afternoon, take out a revolver from his overcoat pocket, and then yell to the clerks behind the counter, " This is robbery! "

（我昨天下午看到一個全身都穿黑色衣著的男人進入那家銀行，從大衣口袋掏出一把左輪手槍，然後對著櫃檯後的行員喊道：「這是搶劫！」）

感官動詞 *observed* 後面跟到三個由對等連接詞 and 連接的不定詞（<u>不帶 to</u>），分別是 <u>enter</u>、<u>take</u> 及 <u>yell</u>，這三個動作<u>意義上的主詞</u>都是本句動詞的受詞 a man（有關本句不定詞意義上的主詞，同學可參閱第 69 頁第 3.4.1 節例(2)及例(3)的說明），也就是說，這三件事都是主詞看到的 a man 這傢伙幹的，萬一從第二個不定詞開始就誤寫成過去式動詞 took，那主詞可就罪加一等了！

3.8 不定詞的否定

把否定的<u>字詞</u>放在不定詞<u>前</u>，即形成不定詞的<u>否定</u>。這邊同學要特別注意的是，要把否定的字詞放「to + 原形動詞」<u>整個</u>不定詞片語前，而不是單單放在原形動詞前。如：

(1) The teacher told them *not* <u>to leave</u> early.
（老師交代他們不可以早退。）

否定的字詞 *not* 要放在<u>整個</u>不定詞片語 <u>to leave</u> 前，可千萬別只放在原形動詞前，形成下面錯誤的例句：

(2) The teacher told them <u>to</u> *not* <u>leave</u> early.（？）

有不少同學會犯這樣的錯誤，一定要當心！我們再看幾個正確的例句：

(3) Ms. Taylor advised us *not* <u>to be</u> late again.
（Taylor 女士囑咐我們不要再遲到了。）

(4) She promised *never* <u>to leave</u> him.
（她答應永遠不會離開他。）

(5) He asked the students *never* <u>to come</u> to class unprepared.
（他要求學生們絕對不可以不準備就來上課）

前面三個例句中的否定字詞 *not* 或 *never* 都是放在<u>整個</u>不定詞片語前，同學們只要稍微細心些，就能避免犯下像例(2)這樣的錯誤了。

第三章、動狀詞（分詞）

1. 分詞

如第二章第一節（p. 24）圖示，分詞包含現在分詞與過去分詞兩種，除了動詞片語裡的時態（進行式須要用到現在分詞、完成式須要用到過去分詞）及語態（被動語態須要用到過去分詞）會用到它們之外，分詞還能在句中當形容詞用，分述如後：

2. 時態及語態

這部分相信同學們應該都已經很熟練了，我們舉些例子稍做複習即可：

2.1 進行式

進行式時態須要用到現在分詞。如：

(1) Tim is sleeping right now.
  （Tim 現正在睡覺。）

(2) It has been raining for a whole week.
  （已下了一整週的雨了。）

(3) We were <u>playing</u> video games when you called.
（你打電話來的時候，我們正在打電玩。）

(4) He had been <u>waiting</u> for more than an hour when she showed up.
（她現身時，他已經等了一個多鐘頭了。）

這邊要順便提醒同學，「一個多鐘頭」（也就是未達兩個小時）的英文說法是「more than <u>an</u> hour」，可千萬不要說成「more than <u>one</u> hour」，雖然不定冠詞「a/an」有時與「one」同義，但在此用法時卻大不相同，「more than <u>one</u> hour」可是「不只一個鐘頭」的意思，也就是超過一個鐘頭，可能是兩個小時，也可能是三個小時哩！

(5) When he gets home tonight, his wife will probably be <u>cooking</u> dinner.
（當他今晚回到家時，他太太可能正在煮晚餐。）

(6) Tom will have been <u>teaching</u> English for twenty years by the end of this year.
（到今年底，Tom 教英文就長達二十年了。）

2.2 完成式

<u>完成式</u>時態須要用到<u>過去分詞</u>。如：

(1) I have <u>done</u> my homework.
（我已經做完功課了。）

(2) She has <u>seen</u> that movie.
（她看過那部電影了）

(3) When Bill arrived at the party, Jean had <u>left</u>.
（當 Bill 抵達派對時，Jean 已經離開了。）

第三章、動狀詞（分詞）

(4) Jack will have <u>earned</u> his PhD by the end of this year.
（Jack 今年年底前會拿到博士學位。）

2.3 被動語態

被動語態須要用到<u>過去分詞</u>。如：

(1) The electric light was <u>invented</u> by Edison.
（電燈是愛迪生發明的。）

(2) The meeting has been <u>postponed</u> until next Tuesday.
（會議已延到下週二舉行。）

(3) More houses will be <u>built</u> next year.
（明年會蓋更多房屋。）

(4) The painting of the fence will have been <u>finished</u> by Sunday.
（週日前籬笆會漆好。）

(5) The sofa should be <u>moved</u> to the front porch.
（這張沙發應該搬到前廊去。）

3 做形容詞用

分詞轉做形容詞用可說是英美人士的創舉。據信，隨著社會的發展、變遷，人與人、人與物之間的關係也日益複雜，要描述的東西自然也日趨細膩，這時，發現要用來描繪、說明的字不夠用了，索性借字來用，但是又不能原封不動搬過來用，於是，就把部分動詞的分詞挪過來做形容詞用了。一般來說，可以轉做形容詞用的分詞大多來自<u>情緒性動詞</u>及其它<u>一般動詞</u>兩大類，分述如後：

3.1 情緒性動詞

這類動詞為數眾多，舉凡表「喜、怒、哀、樂、厭、惡、驚、恐、迷、惑、憂、羞」等動詞，它們的分詞大多能用來轉做形容詞用。原則上，如果是用來描述<u>自身的感受</u>，也就是「（自己）感到...的」，我們就用<u>過去分詞</u>；如果是說明給他人的感受，也就是「令人（感到）...的」，就用<u>現在分詞</u>，舉例如後：

3.1.1 表「喜」類的分詞

我們舉動詞 please（使...高興，使...滿意）及 delight（使...喜悅，使...高興）的分詞為例：

please ├─ 過去分詞 pleased（感到高興的，滿意的）
　　　　└─ 現在分詞 pleasing（令人滿意的，討人喜歡的）

(1) I am <u>pleased</u> *with* my exam results.

（我對於我的考試成績感到滿意。）

來自動詞 please 的過去分詞 <u>pleased</u>，在這邊就轉做形容詞用，用來描述主詞<u>自身的感受</u>，也就是「（主詞自己）感到高興的，感到滿意的」。這裡還有一件事要特別提醒同學的是，做形容詞用的過去分詞後面，通常會接介系詞，再加受詞，來表示主詞「對於...」的感受，或者是主詞為何會有這樣的感受。例如本句在過去分詞 <u>pleased</u> 的後面就接了介系詞 *with*，再加受詞 my exam results，就是說明主詞對於他自己考試成績的感受。一般來說，不同的過去分詞通常會有它專用的介系詞，同學們須勤查字典，仔細求證，才

不會出錯。

(2) The technological progress was very <u>pleasing</u> *to* them.
（這項科技的進步很令他們感到滿意。）

一樣來自動詞 please 的現在分詞 <u>pleasing</u>，在這邊也是轉做形容詞用，用來說明<u>給他人的感受</u>，也就是「令人（感到）滿意的，討人喜歡的」，如果要進一步講清楚是「令誰（感到）滿意的，討誰喜歡的」，我們只要在做形容詞用的現在分詞後面加上介系詞 *to*，再接受詞，就可以說明對象了。例如本句在現在分詞 <u>pleasing</u> 的後面就接了介系詞 *to*，再接對象 them。一般而言，現在分詞後面<u>表對象</u>的介系詞大多用 *to*，這要比過去分詞單純多，同學們可以稍稍鬆口氣了。

delight ⎰ 過去分詞 delighted（感到欣喜的，高興的）
        ⎱ 現在分詞（從缺）

(3) Anne was <u>delighted</u> *at* receiving so many presents on her birthday.
（Anne 很高興在生日當天收到這麼多禮物。）

來自動詞 delight 的過去分詞 <u>delighted</u> 轉做形容詞用，用來描述主詞<u>自身的感受</u>，也就是「（主詞自己）感到欣喜的，高興的」，後面再接介系詞 *at*，再加受詞 so many presents，來說明主詞對於收到這麼多禮物的感受。

(4) We had a <u>delightful</u> evening last Saturday.
（上週六我們有個愉快的夜晚）

看完這句，同學們有沒有嚇了一跳，不是該用動詞 delight 的現在分詞來說明「令人（感到）...的」嗎？大家千萬別

忘了，分詞轉做形容詞用是權宜之計，因爲無此字，只好借字，如果英文裡已經有這樣的形容詞，當然毋須、也不能妄加創字（所以現在分詞「從缺」嘛！），如本例。所以同學們在使用分詞當形容詞用時，必定要謹愼，若無把握，不仿先翻翻字典，以免差池。

3.1.2 表「怒」類的分詞

我們舉動詞 annoy（使...惱怒，使...生氣）與 irritate（激怒，使...氣惱）爲例：

annoy
- 過去分詞 annoyed（感到惱怒的，困惱的）
- 現在分詞 annoying（令人煩惱的，氣惱的）

(1) She was greatly annoyed *at* his criticism.
（她對他的評論感到非常惱怒。）

(2) Having missed Mr. Chang's speech is really annoying.
（錯過張先生的演說眞是令人氣惱。）

irritate
- 過去分詞 irritated（感到惱怒的，生氣的）
- 現在分詞 irritating（令人憤怒的，惱人的）

(3) She was irritated *by* his rude gesture.
（她對他下流的手勢感到生氣。）

(4) I can't stand the irritating noise from the construction site.
（我受不了從工地傳來的惱人噪音。）

3.1.3 表「哀」類的分詞

我們舉動詞 sadden（使…哀傷，使…傷心）及 depress（使…沮喪，使…消沉）為例：

sadden
- 過去分詞 saddened（感到哀傷的，傷心的）
- 現在分詞（從缺）

(1) He was saddened at the memory of his wife's death.
（他憶起他妻子之死而感到哀傷。）

(2) The sad news made her cry.
（這則噩耗讓她哭了。）

　　本句如同第 3.1.1 節例(4)（p. 90），因為已經有形容詞 sad 可以表示「令人（感到）悲傷的」，自然沒有必要、也不能再使用動詞 sadden 的現在分詞了。

depress
- 過去分詞 depressed（感到沮喪的，抑鬱的）
- 現在分詞 depressing（令人沮喪的，喪氣的）

(3) He seems depressed about the test results.
（他似乎對考試結果感到沮喪。）

(4) The news was very depressing.
（這則消息令人非常喪氣。）

3.1.4 表「樂」類的分詞

我們舉動詞 excite（使...興奮，使...振奮）及 thrill（使...極度激動，使...異常興奮）為例：

excite ┌ 過去分詞 excited（感到興奮的，激動的）

　　　 └ 現在分詞 exciting（令人興奮的，激動的）

(1) They felt excited *about* moving to San Francisco.
　　（他們對於要搬到舊金山感到興奮。）

(2) She told me a very exciting story.
　　（她告訴我一個令人興奮的故事。）

thrill ┌ 過去分詞 thrilled（感到極度激動的，異常興奮的）

　　　 └ 現在分詞 thrilling（令人極度激動的，異常興奮的）

(3) The children were thrilled *to visit* Disneyland.
　　（孩子們因能到迪士尼玩而極度興奮。）

　　這類由情緒性動詞來的分詞後也常接不定詞（充當副詞），修飾前面的分詞，也就是說明為何會有如此情緒反應的原因或理由（請參閱第 63 頁第二章第 3.3.2 節）。

(4) The trip to South Africa gave us a thrilling experience.
　　（南非之旅給了我們一個令人異常興奮的經驗。）

3.1.5 表「厭」類的分詞

我們舉動詞 bore（使...厭煩）及 tire（使...厭倦，使...厭煩）
為例：

bore
- 過去分詞 bored（感到厭煩的，無聊的）
- 現在分詞 boring（令人感到厭煩的）

(1) He is bored because he has nothing to do.
（他因無事可做而感到無聊。）

(2) He is boring because he keeps talking about himself.
（因為一直談論他自己，他真令人感到厭煩。）

同學們一定要特別注意現在分詞與過去分詞做形容詞用時
語意的差別，像上述兩個例句開頭結構相似，所用的分詞
都是來自同一動詞，但是，句意卻大不相同。

tire
- 過去分詞 tired（感到厭倦的，厭煩的）
- 現在分詞 tiring（令人感到沉悶的，疲倦的）

(3) I am tired of the same food for lunch every day.
（我厭倦了每天都吃同樣的食物當午餐。）

(4) His lengthy speech was tiring.
（他冗長的演說令人覺得沉悶。）

3.1.6 表「惡」類的分詞

我們舉動詞 disgust（使...厭惡，使...嫌惡，）及 sicken（使...厭惡，使...作嘔）爲例：

disgust ┬ 過去分詞 disgusted（感到厭惡的）
        └ 現在分詞 disgusting（令人厭惡的，可憎的）

(1) I am completely disgusted at the fake news.
（我對這則假消息感到極度厭惡。）

(2) The smell of the food is disgusting.
（這食物的味道令人作嘔。）

sicken ┬ 過去分詞 sickened（感到作嘔的，厭惡的）
       └ 現在分詞 sickening（令人作嘔的，噁心的）

(3) She was sickened at the sight of a dead body in the car crash.
（她因看到車禍現場的屍體而感到噁心。）

(4) The crime scene was really sickening.
（犯罪現場眞令人作嘔。）

3.1.7 表「驚」類的分詞

我們舉動詞 surprise（使...吃驚，使...驚訝，）及 amaze（使...大爲吃驚，使...驚愕）爲例：

surprise ┬ 過去分詞 <u>surprised</u>（感到吃驚的，驚訝的）
        └ 現在分詞 <u>surprising</u>（令人意外的，不可思議的）

(1) I was <u>surprised</u> *at* the boy's conduct.
（我對這男孩的行為感到驚訝。）

(2) It is <u>surprising</u> that the little girl won the race.
（這小女孩贏得賽跑，真令人意外。）

amaze ┬ 過去分詞 <u>amazed</u>（感到驚愕的）
      └ 現在分詞 <u>amazing</u>（令人驚愕的，訝異的）

(3) She was <u>amazed</u> *to hear* that he had been put into prison.
（聽說他被關進牢裡，她感到驚愕。）

(4) The result of the game was <u>amazing</u>.
（比賽的結果令人訝異。）

3.1.8 表「恐」類的分詞

我們舉動詞 frighten（使...驚嚇，使...驚駭，）及 horrify（使...驚駭，使...驚恐）為例：

frighten ┬ 過去分詞 <u>frightened</u>（感到害怕的，驚嚇的）
         └ 現在分詞 <u>frightening</u>（令人驚嚇的，可怕的）

(1) The boy was <u>frightened</u> *of* the dark.
（這男孩怕黑。）

(2) This is the most <u>frightening</u> sight she has ever seen.
（這是她看過最令人驚嚇的景象了。）

horrify ┤
 ┌ 過去分詞 <u>horrified</u>（感到驚懼的，恐怖的）
 └ 現在分詞 <u>horrifying</u>（令人感到可怕的，恐怖的）

(3) She was <u>horrified</u> *to discover* that her husband was the murderer.
（發現她丈夫是兇手，她嚇壞了。）

(4) The <u>horrifying</u> story caused her to have a nightmare last night.
（這恐怖的故事讓她昨晚做了場惡夢。）

3.1.9 表「迷」類的分詞

我們舉動詞 charm（使...陶醉，吸引）及 fascinate（使...著迷，使...神魂顛倒）為例：

charm ┤
 ┌ 過去分詞 <u>charmed</u>（感到陶醉的）
 └ 現在分詞 <u>charming</u>（有吸引力的，迷人的）

(1) She was <u>charmed</u> *with* the beautiful scenery.
（她陶醉在這美麗的風景裡。）

(2) The girl's smile is very <u>charming</u>.
（這女孩的微笑很迷人。）

fascinate ┤
 ┌ 過去分詞 <u>fascinated</u>（感到著迷的）
 └ 現在分詞 <u>fascinating</u>（吸引人的，迷人的）

(3) He was <u>fascinated</u> *with* her beauty.

（他被她的美貌迷住了。）

(4) The fairy tales were <u>fascinating</u> *to* the children.

（這些童話故事讓孩子們著迷。）

3.1.10 表「惑」類的分詞

我們舉動詞 confuse（使...困惑，使...迷糊）及 baffle（使...困惑，難倒...）為例：

confuse ┬ 過去分詞 <u>confused</u>（感到困惑的，迷糊的）

　　　　└ 現在分詞 <u>confusing</u>（令人困惑的，混淆不清的）

(1) I was <u>confused</u> *by* his response.

（我對他的回應感到困惑。）

(2) Her explanation was <u>confusing</u>.

（她的解釋令人困惑。）

baffle ┬ 過去分詞 <u>baffled</u>（感到困惑的，被難倒的）

　　　　└ 現在分詞 <u>baffling</u>（令人困惑的，難解的）

(3) They were <u>baffled</u> *by* her way to solve the problem.

（他們對於她解決這問題的方式感到困惑。）

(4) The math problem was <u>baffling</u> to most of us.

（這道數學題目難倒我們大部分人了。）

3.1.11 表「憂」類的分詞

我們舉動詞 worry（使...擔心，使...焦慮）及 upset（使...不安，使...煩惱）為例：

worry ┬ 過去分詞 worried（感到擔心的，憂慮的）
      └ 現在分詞 worrying（令人擔憂的）

(1) They seemed very worried *about* the safety of nuclear energy.
   （他們似乎對核能安全感到憂慮。）

(2) He was faced with a very worrying situation.
   （他面臨一個十分令人擔憂的情況。）

upset ┬ 過去分詞 upset（感到煩惱的，著急的）
      └ 現在分詞 upsetting（令人煩惱的，不愉快的）

(3) The student was upset *about* her test scores.
   （這學生對她的考試分數感到煩惱。）

(4) The failure was a very upsetting experience.
   （這次失敗是個相當令人不快的經驗。）

3.1.12 表「羞」類的分詞

我們舉動詞 humiliate（羞辱，屈辱）及 embarrass（使...困窘，使...侷促不安）為例：

humiliate
- 過去分詞 humiliated（感到羞辱的，難堪的）
- 現在分詞 humiliating（令人屈辱的，丟臉的）

(1) I felt so humiliated when she made fun of my new hair style.
（她嘲諷我的新髮型時，我覺得很難堪。）

(2) It was humiliating for him to borrow money from his ex-wife.
（向他前妻借錢對他而言是很丟臉的。）

embarrass
- 過去分詞 embarrassed（感到尷尬的，不好意思的）
- 現在分詞 embarrassing（令人困窘的，尷尬的）

(3) I felt really embarrassed *about* mistaking a stranger for my girlfriend.
（我錯認一位陌生人為我女朋友，真感到尷尬。）

(4) This put me in an embarrassing position.
（這讓我處於尷尬的立場。）

3.2 一般動詞

情緒性動詞之外的動詞，我們概稱為一般動詞。翻開坊間文法書，談到一般動詞衍生出來的分詞轉做形容詞用時，只要提到它們的使用時機，幾乎千篇一律告訴讀者，現在分詞表「進行或主動」，過去分詞表「完成或被動」，講得細一點的，還會進一步分析，因為動詞分「及物」、「不及物」，所以現在分詞才會有時表「進行」（不及物）、有時表「主動」（及物），而過去分詞才會時而「完成」（不及物）、時而「被動」（及物）。仔細琢磨固然理想，其實，它們的形成其來有自，毋須強記。原則上，除了表「完成」的分詞較難捉摸，其餘幾乎都是由形容詞

子句、對等結構或副詞子句簡化而來，就請同學們聽我慢慢道來了！

3.2.1 由形容詞子句簡化而來

3.2.1.1 規則一（表「進行」或「被動」）

關係代名詞在形容詞子句裡做主詞時，只要後面跟到 be 動詞，我們就可以把做主詞的關係代名詞連同其後的 be 動詞一併刪除，將形容詞子句簡化成形容詞片語。

同學們想想，如果原形容詞子句的時態是「進行式」，我們把做主詞的關係代名詞連同其後的 be 動詞一起刪除後，動詞部分是不是就只剩下現在分詞呢？而這個現在分詞當然還是表「進行」。如：

(1) The woman who is talking to Jack is Mrs. Leath.
（那位正在跟 Jack 談話的女人是 Leath 太太。）

在形容詞子句 who is talking to Jack 裡，關係代名詞 who 當主詞，後面跟到 be 動詞「is」，這時，我們就可以把做主詞的關係代名詞 who 連同其後的 be 動詞「is」一併刪除，此時，形容詞子句就已經被我們簡化成形容詞片語了，如下句：

⟶ The woman talking to Jack is Mrs. Leath.
（那位正在跟 Jack 談話的女人是 Leath 太太。）

同學們有沒有發現，例(1)被簡化後，中譯是不變的，因為這兩句話講得是同一回事，只不過修飾句子主詞 The woman 的形容詞子句 who is talking to Jack 簡化成形容詞片語 talking to Jack 了，它還是修飾 The woman，所以中譯自然相

同，形容詞片語中的現在分詞 talking 還是「正在跟...談話」的含義，那是不是就是所謂的表「進行」呢！我們再多看幾個例句：

(2) The boy <u>who is sitting in the car</u> is my younger brother.

⟶ The boy <u>sitting in the car</u> is my younger brother.

（坐在車子裡的男孩是我弟弟。）

(3) I returned the book to the man <u>who was reading the</u> <u>newspaper</u>.

⟶ I returned the book to the man <u>reading the newspaper</u>.

（我把書還給了正在看報的男人。）

(4) The girl <u>who is watching TV</u> is from Canada.

⟶ The girl <u>watching TV</u> is from Canada.

（正在看電視的這女孩來自加拿大。）

(5) It is dangerous to get close to a horse <u>which is running</u>.

⟶ It is dangerous to get close to a <u>running</u> horse.

（靠近正在奔跑的馬是很危險的。）

形容詞子句經簡化後，如果只剩下現在分詞<u>一個字</u>，記得要把它挪到被它修飾的名詞<u>前</u>，如本句，因為依據英文法規定，<u>單字形容詞是必須放在被修飾的名詞前</u>，而形容詞<u>片語</u>或<u>子句</u>則要放在被修飾的名詞後面，這點同學們一定要特別留意。

(6) The student <u>who is doing his homework</u> is going to study linguistics.

⟶ The student <u>doing his homework</u> is going to study linguistics.

（正在寫功課的學生以後要唸語言學。）

(7) Mr. Chang is the man <u>who is speaking to the students</u>.

    ➡ Mr. Chang is the man <u>speaking to the students</u>.

      （張老師就是那位正在跟學生們談話的男人。）

(8) The boy <u>who was wearing a green cap</u> was one of my classmates.

    ➡ The boy <u>wearing a green cap</u> was one of my classmates.

      （正帶著一頂綠色鴨舌帽的那個男孩是我同學之一。）

(9) The car <u>which was blocking the traffic</u> had a diplomatic license plate.

    ➡ The car <u>blocking the traffic</u> had a diplomatic license plate.

      （妨礙交通的那部車掛有外交車牌。）

(10) Do you know the girl <u>who is looking at the poster</u>?

    ➡ Do you know the girl <u>looking at the poster</u>?

      （你認識那位正在看海報的女孩嗎？）

(11) Mrs. Smith, <u>who is standing at the corner</u>, is a pianist.

    ➡ Mrs. Smith, <u>standing at the corner</u>, is a pianist.

      （Smith 太太，正站在角落，是位鋼琴家。）

(12) The young man, <u>who is teaching the children English</u>, is Amy's fiancé.

    ➡ The young man, <u>teaching the children English</u>, is Amy's fiancé.

      （這年輕人，正在教孩子們英文，是 Amy 的未婚夫。）

(13) John, <u>who was walking his dog</u>, saw an interesting sight.

    ➡ John, <u>walking his dog</u>, saw an interesting sight.

      （John，正遛著狗，看到一幅有趣的景象。）

(14) Bill, <u>who was washing his hands</u>, noticed a cut on his finger.

   ➤ Bill, <u>washing his hands</u>, noticed a cut on his finger.

（Bill，正洗著手，察覺到他手指頭有道割痕。）

(15) Dr. Lin, <u>who is talking on the phone</u>, will see you in a few minutes.

   ➤ Dr. Lin, <u>talking on the phone</u>, will see you in a few minutes.

（林醫師，正講著電話，再一會兒就能看你了。）

看完了以上各例後，同學們有沒有豁然開朗的感覺，原來這些表「進行」的現在分詞是這樣來的啊！現在，大家再想想，如果原形容詞子句的語態是「被動式」，我們再依據本規則把做主詞的關係代名詞連同其後的 be 動詞一起刪除，動詞部分是不是就只剩下<u>過去分詞</u>？而這個過去分詞自然還是表「被動」，如：

(16) Thirty <u>which is divided by five</u> is six.

（三十被五除剩六。）

在形容詞子句 <u>which is divided by five</u> 裡，關係代名詞 which 當<u>主詞</u>，後面跟到 <u>be 動詞</u>「is」，這時，我們就可以把做主詞的關係代名詞 which 連同其後的 be 動詞「is」一併刪除，此時，形容詞子句就已經被我們簡化成形容詞片語了，如下句：

   ➤ Thirty <u>divided by five</u> is six.

（三十被五除剩六。）

例(16)被簡化後，中譯不變，因為這兩句話講得還是同一件事，只不過修飾句子主詞 Thirty 的形容詞子句 <u>which is divided by five</u> 簡化成形容詞片語 <u>divided by five</u> 了，它還是修飾 Thirty，所以中譯毋需改變，形容詞片語中的過去分詞 <u>divided</u> 還是表「被...除」，其「被動」含義不言而

喻。一回生，二回熟，我們再多看幾個例句：

(17) A cup <u>which is broken</u> is no longer useful.

    ➤ A <u>broken</u> cup is no longer useful.

    （破掉的杯子不能再用了。）

形容詞子句經簡化後，如果只剩下過去分詞<u>一個字</u>，別忘了要把它挪到被它修飾的名詞<u>前</u>（請參閱第 102 頁的例 (5)說明）。

(18) The vase <u>which is made in Yingge</u> is beautiful.

    ➤ The vase <u>made in Yingge</u> is beautiful.

    （這只鶯歌製的花瓶很美。）

(19) The trains <u>which are called express trains</u> stop only in big cities.

    ➤ The trains <u>called express trains</u> stop only in big cities.

    （被稱為特快車的火車只停靠大都市。）

(20) A kilt is a skirt <u>which is worn by a Scotsman</u>.

    ➤ A kilt is a skirt <u>worn by a Scotsman</u>.

    （蘇格蘭男短群是蘇格蘭男人穿的裙子。）

(21) The insurgents <u>who were surrounded on all sides</u> surrendered.

    ➤ The insurgents <u>surrounded on all sides</u> surrendered.

    （四面八方遭包圍的叛軍投降了。）

(22) Uranium is the main element <u>which is required to run a nuclear reactor</u>.

    ➤ Uranium is the main element <u>required to run a nuclear reactor</u>.

    （鈾是被用來運作核能反應爐的主要必要元素。）

(23) We have decided to boycott all products <u>which are tested</u> <u>on</u> <u>animals</u>.

⟶ We have decided to boycott all products <u>tested on</u> <u>animals</u>.

（我們已決定要抵制所有在動物身上做試驗的產品。）

(24) The Taroko Gorge Marathon is an annual marathon <u>which is held</u> <u>in Taroko National Park in Taiwan</u>.

⟶ The Taroko Gorge Marathon is an annual marathon <u>held in</u> <u>Taroko National Park in Taiwan</u>.

（太魯閣馬拉松是在台灣太魯閣國家公園所舉辦的年度馬拉松。）

(25) The COVID-19 pandemic is a dreadful disease <u>which is caused by</u> <u>the infection of coronavirus</u>.

⟶ The COVID-19 pandemic is a dreadful disease <u>caused by the</u> <u>infection of coronavirus</u>.

（全球蔓延的 OVID-19 是一種因感染新冠病毒而引起的可怕疾病。）

(26) Vitamin C, <u>which was discovered in 1932</u>, is good for health.

⟶ Vitamin C, <u>discovered in 1932</u>, is good for health.

（維他命 C，1932 年被發現，對健康有益。）

(27) The movie, <u>which is based on historical facts</u>, is a box-office hit.

⟶ The movie, <u>based on historical facts</u>, is a box-office hit.

（這部電影，以史實為根據，是部賣座強片。）

(28) The man, <u>who was charged with theft</u>, was a habitual criminal.

⟶ The man, <u>charged with theft</u>, was a habitual criminal.

（這男人，被以偷竊起訴，是個慣犯。）

(29) A polygraph machine, <u>which is also known as a "lie detector,"</u> is a common part of criminal investigations.

→ A polygraph machine, <u>also known as a "lie detector,"</u> is a common part of criminal investigations.

（多波動描寫器，也被稱為「測謊器」，是刑事偵查中常見的工具。）

(30) The first rockets, <u>which were invented by the Chinese over 1,000 years ago</u>, were tubes <u>that were packed with gunpowder</u>.

→ The first rockets, <u>invented by the Chinese over 1,000 years ago</u>, were tubes <u>packed with gunpowder</u>.

（最早問世的火箭，一千多年前由中國人發明的，是由裝滿火藥的管狀物所製成。）

3.2.1.2 規則二（表「主動」）

<u>關係代名詞</u>在形容詞子句裡做<u>主詞</u>時，我們可以把做主詞的關係代名詞<u>刪除</u>，同時把後面跟到的<u>動詞</u>（必須是<u>不含情態助動詞的動詞</u>）改成<u>現在分詞</u>，將形容詞子句簡化成形容詞片語。

同學們一會兒可以仔細瞧瞧，當形容詞子句依本規則被簡化成形容詞片語後，動詞部分會只剩下<u>現在分詞</u>，而這個現在分詞幾乎都具「主動」含義，如：

(1) Tom bought a bicycle <u>which cost $ 5,000</u>.
（Tom 買了一輛值 5,000 元的腳踏車。）

在形容詞子句 <u>which cost $ 5,000</u> 裡，關係代名詞 which 當<u>主詞</u>，後面跟到<u>不含情態助動詞的動詞</u> cost，這時，我們就可以把做主詞的關係代名詞 which 刪除，同時把後面跟到的動詞 cost 改成<u>現在分詞</u> costing，此時，形容詞子句就已

經被我們簡化成形容詞片語了，如下句：

→ Tom bought a bicycle <u>costing $ 5,000</u>.

（Tom 買了一輛值 5,000 元的腳踏車。）

例(1)被簡化後，中譯自然不變，因爲這兩句話講得仍是同一件事，我們只是把修飾句子受詞 a bicycle 的形容詞子句 <u>which cost $ 5,000</u> 簡化成形容詞片語 <u>costing $ 5,000</u>，它還是修飾 a bicycle，所以中譯仍然一樣，形容詞片語中的現在分詞 <u>costing</u> 依然是「值（...價錢）」的意思，這當然與被動無關（應該沒有同學曾聽人說過「這東西<u>被值</u>多少錢」這樣的話吧？）。我們再多看幾個表「主動」的例句：

(2) The student wrote a relative clause <u>which began with "that is."</u>

→ The student wrote a relative clause <u>beginning with "that is."</u>

（這學生寫了一個以「that is」開頭的關係子句。）

(3) I read a book <u>which describes the early history of California</u>.

→ I read a book <u>describing the early history of California</u>.

（我看了一本描述早期加州史的書。）

(4) The handbag <u>which belongs to Diana</u> is on the table.

→ The handbag <u>belonging to Diana</u> is on the table.

（Diana 的提包就在桌上。）

(5) Do you like the story <u>which ends this way</u>?

→ Do you like the story <u>ending this way</u>?

（你喜歡以這種方式結束的故事嗎？）

英語句型結構
English Sentence Patterns

(6) The lady <u>who gave a speech on TV last week</u> will visit here soon.

    ➡ The lady <u>giving a speech on TV last week</u> will visit here soon.

（上週在電視上發表演說的那位女士很快就會到此地造訪。）

(7) He was killed in a helicopter crash <u>which took the lives of fifteen people</u>.

    ➡ He was killed in a helicopter crash <u>taking the lives of fifteen people</u>.

（他在那場奪走十五條人命的直升機墜機事件中喪命。）

(8) The immigration office arrested a few illegal immigrants <u>who attempted to enter Taiwan</u>.

    ➡ The immigration office arrested a few illegal immigrants <u>attempting to enter Taiwan</u>.

（移民局逮捕了幾位試圖進入台灣的非法移民。）

(9) She refuses to comment on the affair <u>which happened between her husband and his secretary</u>.

    ➡ She refuses to comment on the affair <u>happening between her husband and his secretary</u>.

（她居絕評論發生在她丈夫與他祕書間的緋聞。）

(10) The boy, <u>who did not know what to say</u>, sat there silent.

    ➡ The boy, <u>not knowing what to say</u>, sat there silent.

（這男孩，不知道要說什麼，靜靜的坐在那兒。）

這句要特別留意兩件事：第一，在把做<u>主詞</u>的關係代名詞 who 刪除，接著把後面跟到的動詞 know 改成現在分詞 knowing 後，否定副詞 not 要保留，就放在原處不動，也

就是放在現在分詞 knowing 的前面，這剛好符合了動狀詞的否定寫法，亦即，把否定的<u>字詞</u>放在動狀詞<u>前</u>，即形成動狀詞的<u>否定</u>（同學可回頭參閱第 84 頁的第二章第 3.8 節不定詞的<u>否定</u>）。第二，動詞 know 改成現在分詞 knowing 後，助動詞 did 要刪除。道理很簡單，助動詞 did 是為了否定動詞而添加的，原來的肯定敘述並無此字（..., who knew what to say, ...），既然形容詞子句已經簡化成片語，原來形容詞子句裡的動詞已改為現在分詞，我們要否定的已經是現在分詞，而非動詞，did 當然就沒有存在的必要了。

(11) The school, <u>which stands far from the noisy city</u>, is a good place to study.

⟶ The school, <u>standing far from the noisy city</u>, is a good place to study.

（這所學校，遠離吵雜的城市，是個讀書的好地方。）

(12) The murderer, <u>who believed that his last hour would come</u>, started to tremble.

⟶ The murderer, <u>believing that his last hour would come</u>, started to tremble.

（這兇手，相信他的大限即將到來，開始發抖。）

(13) Bill, <u>who finished his work</u>, has nothing to do.

⟶ Bill, <u>finishing his work</u>, has nothing to do.

（Bill，做完他的工作，已無事可做。）

(14) My father, <u>who left Taichung at 2 p.m.</u>, will arrive at Kaohsiung at 5 p.m.

———▸ My father, <u>leaving Taichung at 2 p.m.</u>, will arrive at Kaohsiung at 5 p.m.

（我父親，下午兩點離開台中，會在五點抵達高雄。）

3.2.2 由對等結構簡化而來

3.2.2.1 規則一（表「主動」或「被動」）

一個句子裡，主詞後面跟到<u>兩個（或以上）</u>由<u>對等連接詞</u>「and」所連接的<u>動詞</u>（必須是<u>不含情態助動詞的動詞</u>）時，可將「and」<u>刪除</u>，同時將<u>第二個</u>（<u>或之後</u>的）動詞改為<u>現在分詞</u>，形成所謂的「分詞構句」。

同學們待會兒看下列例句時會發現，改成後的現在分詞大多是表「主動」含義的；另外，如果原來的句子第二個（或之後的）動詞改成現在分詞後若是或帶有「being」（簡單式）或「having been」（完成式），如不影響句意，也可以省略，這時，可能會出現表「被動」的過去分詞。咱們就先來看看表「主動」含義的現在分詞例句：

(1) The rich man <u>died</u>, *and* <u>left</u> a fortune to his children.
（這富人死後，留給他的孩子們一筆財富。）

句中主詞 The rich man 後面接的是由對等連接詞 *and* 所連接的 <u>died</u> 和 <u>left</u> 兩個不含情態助動詞的動詞，這時，我們就可以將等連接詞 *and* 刪除，同時將其後的動詞 <u>left</u> 改為現在分詞 leaving，此時，第二個動詞就已經被我們簡化成表「主動」含義的現在分詞了，如下句：

→ The rich man <u>died</u>, <u>leaving</u> a fortune to his children.

（這富人死後，留給他的孩子們一筆財富。）

例(1)被簡化後，中譯不變，因為這兩句講得是同一回事，我們只是把第二個動詞簡化成現在分詞而已。我們再多看幾個例句：

(2) The boy <u>sat</u> there, *and* <u>fixed</u> his eyes on me.

→ The boy <u>sat</u> there, <u>fixing</u> his eyes on me.

（這男孩坐在那兒，眼睛盯著我看。）

(3) She <u>said</u> good-bye, *and* <u>walked</u> away with tears in her eyes.

→ She <u>said</u> good-bye, <u>walking</u> away with tears in her eyes.

（她道再見，淚眼汪汪地走開。）

(4) The woman <u>opened</u> the safe, *and* <u>took</u> out her diamond earrings.

→ The woman <u>opened</u> the safe, <u>taking</u> out her diamond earrings.

（這女人打開保險箱，取出她的鑽石耳環。）

(5) She <u>stood</u> by the bedroom window, *and* <u>looked</u> at the rain outside.

→ She <u>stood</u> by the bedroom window, <u>looking</u> at the rain outside.

（她站在臥室窗戶旁，看著戶外雨景。）

(6) He <u>moved</u> to San Francisco in 2004, *and* <u>lived</u> there until his death.

→ He <u>moved</u> to San Francisco in 2004, <u>living</u> there until his death.

（他在 2004 年搬到舊金山，就住在那兒直到離世。）

(7) She <u>wrote</u> him a Dear John letter, *and* <u>asked</u> him not to call her again.

→ She <u>wrote</u> him a Dear John letter, <u>asking</u> him not to call her again.

（她給他寫了封絕交信，要他不要再打電話給她了。）

(8) The vagrant <u>lay</u> down to sleep, *and* <u>rested</u> his head on a stone.

    ➡️   The vagrant <u>lay</u> down to sleep, <u>resting</u> his head on a stone.

（這流浪漢躺下來睡覺，把頭靠在一顆石頭上當枕頭。）

(9) I <u>had</u> lunch by the window on the second floor of the restaurant, *and* <u>watched</u> the beautiful view outside.

    ➡️   I <u>had</u> lunch by the window on the second floor of the restaurant, <u>watching</u> the beautiful view outside.

（我在那家餐廳二樓靠窗吃午餐，欣賞著外頭美麗的風景。）

(10) The man <u>went</u> home from war, *and* <u>was</u> not able to find a job.

    ➡️ The man <u>went</u> home from war, not <u>being</u> able to find a job.

（這男人戰後返家，卻找不到工作。）

這個句子改為「分詞構句」後，有兩件事同學們要特別留意：首先，改完後的「being」可以省略，所以可以更精簡為：

    ➡️ The man <u>went</u> home from war, not able to find a job.

再來，如果「being」不省略，要注意到否定副詞 not 的位置，一定要把它挪到 being 的前面（如果忘記為什麼得如此，趕緊回到第 109 頁的第 3.2.1.2 節再看一眼例(10)的說明），而不是放在原來 <u>was</u> 的後面，而成了下面錯誤的句子了：

    ➡️ The man <u>went</u> home from war, <u>being</u> not able to find a job.
    （？）

切記、切記！

　　　　　　　　　第三章、動狀詞（分詞）

(11) He <u>came</u> up, <u>grabbed</u> me by the collar *and* <u>asked</u> me when to return him the money.

    ───▶ He <u>came</u> up, <u>grabbing</u> me by the collar *and* <u>asking</u> me when to return him the money.

    （他走近前，抓住我衣領，問我何時還他這筆錢。）

主詞後面跟到三個（甚至更多）動詞，改成「分詞構句」時，建議同學們最好先把原來句子第一個動詞後面代替對等連接詞 and 的逗點還原成連接詞 and，再來簡化，比較不會出錯，就拿本句來講，第一個動詞 came 後面的逗點還原成連接詞 and 後，就形成了：

He <u>came</u> up, *and* <u>grabbed</u> me by the collar *and* <u>asked</u> me when to return him money.

我們再根據本規則，將第一個動詞 <u>came</u> 後面的 *and* 刪除，同時將第二個動詞 <u>grabbed</u> 及第三個動詞 <u>asked</u> 改為現在分詞，就成為我們的例(11)了，這時一定要特別注意，改為「分詞構句」後，這兩個現在分詞中間的對等連接詞 *and* 一定要保留，切莫刪除，否則這兩個現在分詞沒有對等連接詞連接，就違反了對等連接詞的<u>使用法則</u>了（連接句中文法作用相同的部分）。

(12) She <u>hasn't got</u> enough sleep at night lately, *and* thus <u>has been</u> sick quite often.

    ───▶ She <u>hasn't got</u> enough sleep at night lately, thus <u>having been</u> sick quite often.

    （她最近夜裡睡眠不足，因此常生病。）

由於 <u>having been</u> 也能省略，所以本句可以更精簡為：

→ She <u>hasn't got</u> enough sleep at night lately, thus sick quite often.

瞭解了上列各例表「主動」的現在分詞由來後，我們再來觀察一下，如果把改完後的「being」或「having been」省略，是不是會出現表「被動」的<u>過去分詞</u>來：

(13) The woman <u>became</u> old and feeble, *and* therefore <u>was supported</u> by her son.

→ The woman <u>became</u> old and feeble, therefore <u>being</u> <u>supported</u> by her son.

（這婦人變得又老又弱，因此由她兒子來扶養。）

我們再把 <u>being</u> 省略，這句便能改寫成：

→ The woman <u>became</u> old and feeble, therefore <u>supported</u> by her son.

如此一來，果然就出現表「被動」的過去分詞 <u>supported</u> 了。下面的句子也是如此：

(14) Slavery <u>existed</u> in the African states, *and* sometimes <u>was used</u> by Europeans to justify their own slave trade.

→ Slavery <u>existed</u> in the African states, sometimes <u>being used</u> by Europeans to justify their own slave trade.

→ Slavery <u>existed</u> in the African states, sometimes <u>used</u> by Europeans to justify their own slave trade.

（奴隸制度存在於非洲國家，有時被歐洲人拿來將他們自己買賣奴隸的行為合理化。）

(15) He <u>was diagnosed</u> with cancer last summer, *and* <u>has been treated</u> with chemotherapy ever since.

    ➡ He <u>was diagnosed</u> with cancer last summer, <u>having been treated</u> with chemotherapy ever since.

    ➡ He <u>was diagnosed</u> with cancer last summer, <u>treated</u> with chemotherapy ever since.

（他去年夏天被診斷出罹癌，從那時起就開始接受化療迄今。）

3.2.2.2 規則二（表「進行」、「主動」或「被動」）

一個句子裡，主詞後面跟到<u>兩個</u>（<u>或以上</u>）由<u>對等連接詞</u>「and」所連接的<u>動詞</u>時，可依下列步驟簡化：

1. <u>刪除</u>句首的<u>主詞</u>，
2. 把<u>第一個</u>動詞（必須是<u>不含情態助動詞</u>的動詞）改爲<u>現在分詞</u>，
3. 改成後之現在分詞若是或帶有「being」或「having been」，如不影響句意，也可以<u>省略</u>，
4. <u>刪除</u>對等連接詞「and」，
5. 再把主詞<u>還原</u>到<u>第二個</u>動詞前。

同學們如果仔細審視，規則二其實跟規則一（p. 111）極類似，規則一是「改<u>後</u>不改前」，而規則二則是「改<u>前</u>不改後」，也就是在與規則一相同條件下，把句子前面的第一個動詞改爲「分詞構句」，當然，這時跟在其後的對等連接詞「and」已無存在的必要（如果還保留，豈不成了連接<u>現在分詞和動詞</u>的連接詞，那就違反對等連接詞的<u>使用法則</u>了），所以必須刪除，最後，再把主詞還原到第二個動詞前，就大功告成了！

「改前不改後」的「分詞構句」會出現表「進行」或表「主動」含義的現在分詞；此外，如果原來的句子第一個動詞帶有 be 動詞，改完後的「being」或「having been」省略後，也可能會出現表「被動」的過去分詞。話不多說，我們就先來看幾個表「進行」的現在分詞例子：

(1) The man is standing against the wall, *and* is smoking a cigar.
（這男人靠著牆站著，抽著雪茄。）

句中主詞 The man，後面跟到兩個由對等連接詞 *and* 所連接的動詞片語 is standing 和 is smoking（都不含情態助動詞），這時，我們就可以將主詞 The man 刪除，再將第一個動詞片語 is standing 改為現在分詞片語 Being standing，再把其後的連接詞 *and* 刪除，同時，把主詞還原到第二個動詞片語 is smoking 前，如此，分詞構句就完成如下句了：

➤ Being standing against the wall, the man is smoking a cigar.
（靠著牆站著，這男人抽著雪茄。）

有兩點仍需留意：第一，改成分詞構句後的中譯與原來句子的中譯在字序上有些微不同，但意思是不變的（英文句構改了，中譯自然也得跟著做些調整）；其次，因為 Being 能省略，所以本句可以更精簡為：

➤ Standing against the wall, the man is smoking a cigar.

(2) She is teaching English right now, *and* has taught in this school for more than ten years so far.
（她正教著英文，目前已經在這所學校教了十多年了。）
➤ Being teaching English right now, she has taught in this school for more than ten years so far.

　　　　　　　第三章、動狀詞（分詞）

    ➡ <u>Teaching</u> English right now, she <u>has taught</u> in this school for more than ten years so far.

（正教著英文，她目前已經在這所學校教了十多年了。）

(3) Ted <u>was sitting</u> in front his computer, *and* <u>was</u> busy typing his assignment.

（Ted 正坐在電腦前，忙著打作業。）

    ➡ <u>Being sitting</u> in front his computer, Ted <u>was</u> busy typing his assignment.

    ➡ <u>Sitting</u> in front his computer, Ted <u>was</u> busy typing his assignment.

（坐在電腦前，Ted 正忙著打作業。）

(4) Amy <u>is surfing</u> the Internet on her laptop, *and* <u>is listening</u> to music at the same time.

（Amy 正用她的筆電上網，同時聽著音樂。）

    ➡ <u>Being surfing</u> the Internet on her laptop, Amy <u>is listening</u> to music at the same time.

    ➡ <u>Surfing</u> the Internet on her laptop, Amy <u>is listening</u> to music at the same time.

（正用她的筆電上網，Amy 同時聽著音樂。）

(5) He <u>is watching</u> TV, *and* <u>is picking</u> up his cellphone to answer an incoming call.

（他看著電視，拿起手機接了通打進來的電話。）

    ➡ <u>Being watching</u> TV, he <u>is picking</u> up his cellphone to answer an incoming call.

➡ Watching TV, he is picking up his cellphone to answer an incoming call.

（看著電視，他拿起手機接了通打進來的電話。）

(6) She has been working for the company for over thirty years, *and is going to retire* next week.

（她在這家公司工作了三十多年，下週即將退休了。）

➡ Having been working for the company for over thirty years, she is going to retire next week.

➡ Working for the company for over thirty years, she is going to retire next week.

（在這家公司工作了三十多年，她下週即將退休了。）

看完了上列表「進行」的現在分詞例句後，我們接著看表「主動」含義的現在分詞例句：

(7) The hunter shot a deer, *and* cut the meat for food.

（這獵人射殺了一頭鹿，割下肉食用。）

➡ Shooting a deer, the hunter cut the meat for food.

（射殺了一頭鹿，這獵人割下肉食用。）

(8) We took off our shoes, *and* entered the house.

（我們脫了鞋，進到屋內。）

➡ Taking off our shoes, we entered the house.

（脫了鞋，我們進到屋內。）

(9) The south bound train <u>starts</u> at 2 p.m., *and* <u>arrives</u> at Tainan at 5 p.m.
（南下火車下午兩點發車，五點會抵達台南。）

→ <u>Starting</u> at 2 p.m., the south bound train <u>arrives</u> at Tainan at 5 p.m.
（下午兩點發車，南下火車五點會抵達台南。）

(10) The boy <u>looked</u> up at his mother, *and* <u>asked</u> what was the matter with her.
（這男孩抬頭看著她母親，問她怎麼了。）

→ <u>Looking</u> up at his mother, the boy <u>asked</u> what was the matter with her.
（抬頭看著她母親，這男孩問她怎麼了。）

(11) The robber <u>took</u> out a dagger, *and* <u>told</u> the shopkeeper to give him all the money.
（這強盜掏出一把匕首，命令店主交出所有錢來。）

→ <u>Taking</u> out a dagger, the robber <u>told</u> the shopkeeper to give him all the money.
（掏出一把匕首，這強盜命令店主交出所有錢來。）

(12) The wife <u>remained</u> at home alone, *and* <u>cleaned</u> the house and <u>did</u> the laundry.
（這妻子單獨留在家裡，打掃完房子又洗了衣服。）

→ <u>Remaining</u> at home alone, the wife <u>cleaned</u> the house and <u>did</u> the laundry.
（單獨留在家裡，這妻子打掃完房子又洗了衣服。）

(13) The girl <u>held</u> the rope with one hand, *and* <u>stretched</u> out the other to the drowning boy in the river.

（這女孩一隻手握住繩子，朝向河裡正溺水的男孩伸出另一隻手。）

→ <u>Holding</u> the rope with one hand, the girl <u>stretched</u> out the other to the drowning boy in the river.

（一隻手握住繩子，這女孩朝向河裡正溺水的男孩伸出另一隻手。）

(14) Amelia Earhart <u>was</u> an American flyer, *and* <u>was</u> the first woman to make a solo flight across the Atlantic Ocean.

（Amelia Earhart 是位美國的飛行員，是首位單飛橫越大西洋的女性飛行員。）

→ <u>Being</u> an American flyer, Amelia Earhart <u>was</u> the first woman to make a solo flight across the Atlantic Ocean.

→ An American flyer, Amelia Earhart <u>was</u> the first woman to make a solo flight across the Atlantic Ocean.

（身為美國的飛行員，Amelia Earhart 是首位單飛橫越大西洋的女性飛行員。）

(15) The woman <u>hadn't seen</u> her husband for quite a while, *and* <u>missed</u> him a lot.

（這女人好一陣子沒看到她丈夫了，相當想念他。）

→ Not <u>having seen</u> her husband for quite a while, the woman <u>missed</u> him a lot.

（好一陣子沒看到她丈夫了，這女人相當想念他。）

同學們千萬別忘了，改成分詞構句後，一定要把否定副詞 Not 挪到 <u>having seen</u> 前，如果不小心忘了為什麼了，趕緊再回到第 3.2.1.2 節看看例(10)（p.109）的說明。

(16) They <u>have carried</u> out the plan, *and* <u>are</u> ready for the next one.

（他們已執行妥這項計劃，準備好要進入下一個計劃了。）

━━▶ <u>Having carried</u> out the plan, they <u>are</u> ready for the next one.

（已執行妥這項計劃，他們準備好要進入下一個計劃了。）

(17) She <u>has been living</u> in San Francisco for more than twenty years, *and* <u>is</u> proficient in English.

（她在舊金山住了二十多年，非常精通英文。）

━━▶ <u>Having been living</u> in San Francisco for more than twenty years, she <u>is</u> proficient in English.

━━▶ <u>Living</u> in San Francisco for more than twenty years, she <u>is</u> proficient in English.

（在舊金山住了二十多年，她非常精通英文。）

清楚了上列各句表「主動」的現在分詞緣由後，我們接著往下瞧，看看我們把改完後的「being」或「having been」也省略後，是否會出現表「被動」的過去分詞來：

(18) The boy <u>was left</u> alone, *and* <u>started</u> to play video games.

（這男孩被單獨留下來，便開始打起電玩來。）

━━▶ <u>Being left</u> alone, the boy <u>started</u> to play video games.

（被單獨留下來，這男孩便開始打起電玩來。）

把句首的 <u>being</u> 省略後，這句又能改寫成：

━━▶ <u>Left</u> alone, the boy <u>started</u> to play video games.

果然，又出現表「被動」的過去分詞了。下面的句子也是如此：

(19) Vitamin C <u>was discovered</u> in 1932, *and* <u>was</u> the first vitamin with established molecule structure.

（維他命 C 於 1932 年被發現，是第一種具有完整分子結構的維他命。）

→ <u>Being discovered</u> in 1932, Vitamin C <u>was</u> the first vitamin with established molecule structure.

→ <u>Discovered</u> in 1932, Vitamin C <u>was</u> the first vitamin with established molecule structure.

（於 1932 年被發現，維他命 C 是第一種具有完整分子結構的維他命。）

(20) Roughly five thousand refugees <u>have been evacuated</u> from their war-stricken country, *and* <u>will be accommodated</u> by the neighboring countries.

（大約五千名難民已從他們飽經戰火蹂躪的國家撤離，並即將由鄰近國家收容。）

→ <u>Having been evacuated</u> from their war-stricken country, roughly five thousand refugees <u>will be accommodated</u> by the neighboring countries.

→ <u>Evacuated</u> from their war-stricken country, roughly five thousand refugees <u>will be accommodated</u> by the neighboring countries.

（已從他們飽經戰火蹂躪的國家撤離，大約五千名難民即將由鄰近國家收容。）

3.2.2.3 規則三（表「進行」、「主動」或「被動」）

一個句子裡若包含兩個由對等連接詞「and」所連接的對等子句，而這兩個對等子句又不同主詞時，可先將連接這兩個子句的連接詞「and」刪除，再把第二個對等子句的動詞（必須是不含情態助動詞的動詞）改爲現在分詞。

這種改過的句構由於前後主詞相異，所以，在文法上又被稱爲「異主詞分詞構句」，其中，帶有主詞的分詞部分又稱爲「獨立分詞」。改成後的現在分詞有表「進行」，也有表「主動」含義的；另外，第二個對等子句的動詞改成現在分詞後若是或帶有「being」或「having been」，如不影響句意，也可以省略，這時候也會出現表「被動」的過去分詞。我們就先看表「進行」的現在分詞例子：

(1) Tom was watching TV in the living room, *and* his wife <u>was cooking</u> in the kitchen.

（Tom 在客廳看電視，他太太正在廚房煮著飯。）

本句就是由兩個不同主詞的對等子句組合而成，這兩個由對等連接詞 *and* 所連接的對等子句分別爲 Tom was watching TV in the living room 與 his wife <u>was cooking</u> in the kitchen，此時，我們就可以先將連接這兩個子句的連接詞 *and* 刪除，再把第二個對等子句的動詞片語 <u>was cooking</u> 改爲現在分詞片語 being cooking，「異主詞分詞構句」就改成了，如下句：

⟶ Tom was watching TV in the living room, his wife <u>being cooking</u> in the kitchen.

改完後，句子後半段帶有異主詞的分詞結構也被稱為「獨立分詞」。中譯部分，因爲兩個不同的主詞都保留了，刪掉的連接詞 *and* 屬功能字，僅具文法功能，沒什麼實質含義，所以中譯並不需要調整；此外，由於 being 省略後仍可輕易看出 cooking 是「正在煮飯」的意思，而且，兩個 V-ing 並列也礙眼，所以本句可以再精簡為：

→ Tom was watching TV in the living room, his wife <u>cooking</u> in the kitchen.

(2) She lay on the lawn, *and* the breeze <u>was sweeping</u> over her face.
（她躺在草坪上，微風拂過她的臉。）

→ She lay on the lawn, the breeze <u>being sweeping</u> over her face.
→ She lay on the lawn, the breeze <u>sweeping</u> over her face.

(3) She stood there motionless, *and* tears <u>were streaming</u> down her cheeks.
（她站在那兒動也不動，眼淚撲簌簌地流落雙頰。）

→ She stood there motionless, tears <u>being streaming</u> down her cheeks.
→ She stood there motionless, tears <u>streaming</u> down her cheeks.

看完了上述表「進行」的現在分詞例句後，我們接著再看表「主動」含義的現在分詞例句：

(4) The car bumped into a tree, *and* its fuel tank <u>exploded</u> into a fire ball at once.
（那輛車撞上一棵樹，它的油箱立即炸成一團火球。）

→ The car bumped into a tree, its fuel tank <u>exploding</u> into a fire ball at once.

(5) The woman looked at the nasty boy, *and* her face <u>expressed</u> displeasure.

（這女人看著這個骯髒男孩，面露不悅表情。）

⟶ The woman looked at the nasty boy, her face <u>expressing</u> displeasure.

(6) Tom was late for class again, and his teach <u>was</u> very angry.

（Tom 上課又遲到了，他的老師非常生氣。）

⟶ Tom was late for class again, his teach <u>being</u> very angry.

本句改完後的<u>現在分詞</u> being 屬功能字，僅具文法功能，沒什麼實質含義，所以本句可以再精簡為：

⟶ Tom was late for class again, his teacher very angry.

我們接著再看看把改完後的「being」或「having been」省略後，是否會出現表「被動」的過去分詞例句：

(7) Diligence contributed to her success, *and* her debt <u>was repaid</u> at the end of the year.

（勤勉造就了她的成功，她的債務在年底就償還完畢了。）

⟶ Diligence contributed to her success, her debt <u>being repaid</u> at the end of the year.

再把 <u>being</u> 省略，就可以進一步簡化成下句：

⟶ Diligence contributed to her success, her debt <u>repaid</u> at the end of the year.

這時，就出現表「被動」的過去分詞了。下句亦如此：

(8) Tom's teacher praised him again, *and* he <u>had been praised</u> by her more than ten times this month.

（Tom 的老師又再度稱讚他，這個月他已經被她稱讚十幾次了。）

⟶ Tom's teacher praised him again, he <u>having been praised</u> by her more than ten times this month.

把 <u>having been</u> 省略後，仍可看出獨立分詞與前面子句的時間順序，因此，本句可以再精簡爲：

⟶ Tom's teacher praised him again, he <u>praised</u> by her more than ten times this month.

3.2.3 由副詞子句簡化而來

3.2.3.1 同主詞分詞構句（表「進行」、「主動」或「被動」）

由表時間（連接詞 when、while、after...等連接詞所引導的子句）、原因或理由（連接詞 because、since、as...等連接詞所引導的子句）、條件（if、unless...等連接詞所引導的子句）或讓步（although、though、even if/though 等連接詞所引導的子句）等<u>副詞子句</u>簡化而來，簡化步驟如下：

1. 首先，副詞子句與主要子句須<u>同主詞</u>，
2. 引導副詞子句的<u>連接詞</u>可<u>省略</u>，也可<u>保留</u>（省略後如不影響句意，以省略爲佳；然而，依照英美人士語法習慣，連接詞「because」一定刪除），
3. <u>刪掉</u>副詞子句<u>主詞</u>，
4. 將副詞子句中的<u>動詞</u>（必須是<u>不含情態助動詞</u>的動詞）改爲<u>現在分詞</u>，

5. 改成後之現在分詞若是或帶有「being」或「having been」，如不影響句意，也可以省略，

6. 大功告成！

這類由副詞子句簡化成的分詞構句，改成後的現在分詞有表「進行」，也有表「主動」含義的；此外，改成現在分詞後若帶有「being」或「having been」，如不影響句意，照樣可以省略，這時，就有可能會出現表「被動」的過去分詞。我們就先看表「進行」含義的現在分詞例子：

(1) *While I was crossing the street,* I ran into Jane.
（正當我過馬路時，碰到了 Jane。）

1. 檢查副詞子句主詞為 *I*，主要子句主詞也是 *I*，同主詞，可以進行下一步驟，

2. 連接詞 *While* 可省可留，先保留好了，

3. 刪掉副詞子句主詞 *I*，

4. 將副詞子句中的動詞片語 *was crossing* 改為現在分詞片語 being crossing，

5. 改成後之現在分詞片語 being crossing 帶有「being」；首先，從句意可以輕易判斷得出來，主詞是「正在過馬路」；再來，兩個 V-ing 放在一起，看起來挺礙眼，所以，「being」以省略為佳，

6. 大功告成囉！如下句：

⟶ *While crossing the street,* I ran into Jane.
（正當過馬路時，我碰到了 Jane。）

有兩點尚需留意：首先，改成分詞構句後的中譯與原來句子的中譯在字序上有一點不同，但意思不變（英文句構改了，中譯也得跟著做些調整）；再來，連接詞 *While* 省略後並

不會影響句意，爲求精簡，把它刪除好了，所以本句也能再簡化爲：

→ *Crossing* the street, I ran into Jane.

(2) Tom saw a car accident *when he was walking to school.*
（Tom 走路上學時，看到一椿車禍。）

→ Tom saw a car accident *when walking to school.*
（走路上學時，Tom 看到一椿車禍。）

這句改爲分詞構句後，同上句理由，我們直接把 *walking* 前的「being」省略了（底下的例句也是同樣情況，就不再贅述）；另外，依照英美人士語法習慣，副詞子句放在句中時，改爲分詞構句後，連接詞幾乎都會保留，這樣，句構、語意都會比較通暢，所以，我們也就直接把連接詞 *when* 保留了。

(3) *Because Amy was playing the piano in her room at that time,* she did not know what was happening in the living room.
（因爲 Amy 當時正在房間彈鋼琴，她並不知道客廳發生什麼事。）

→ *Playing* the piano in her room at that time, Amy did not know what was happening in the living room.
（因爲當時正在房間彈鋼琴，Amy 並不知道客廳發生什麼事。）

改爲分詞構句後，我們就依照英美人士語法習慣，把連接詞 *Because* 刪除；另外，一定要記得把原來主要子句的主詞 she 還原成 Amy，否則人家不會知道 she 是誰的！

　　　　　　第三章、動狀詞（分詞）

(4) *Even though I am starving*, I will never beg in the streets.
（縱使我正挨著餓，我也絕不會到街上行乞。）

    ⟶ *Even though starving*, I will never beg in the streets.

    ⟶ *Starving*, I will never beg in the streets.
       （縱使挨著餓，我也絕不會到街上行乞。）

(5) *Although the girl next to me was tapping her fingers on the table nervously,* she told me that she was fine.

（雖然我旁邊的女孩緊張地用手指頭輕敲著桌子，她仍告訴我她沒事。）

    ⟶ *Although tapping her fingers on the table nervously,* the girl next to me told me that she was fine.

    ⟶ *Tapping her fingers on the table nervously,* the girl next to me told me that she was fine.

       （雖然緊張地用手指頭輕敲著桌子，我旁邊的女孩仍告訴我她沒事。）

(6) *As the man has been living around the border between America and Mexico for over thirty years,* he speaks both English and Spanish quite fluently.

（因為這男人住在美國和墨西哥邊界附近三十多年了，他的英文和西班牙文都相當流利。）

    ⟶ *As having been living around the border between America and Mexico for over thirty years,* the man speaks both English and Spanish quite fluently.

    ⟶ *Having been living around the border between America and Mexico for over thirty years,* the man speaks both English and Spanish quite fluently.

       （因為住在美國和墨西哥邊界附近三十多年了，這

男人的英文和西班牙文都相當流利。)

改成後之現在分詞片語 *Having been living* 帶有「having been」；由於句意已顯示主詞是「一直住在...三十多年了」，所以，「having been」自然也可省略，因此本句還能進一步精簡為：

→ *Living around the border between America and Mexico for over thirty years,* the man speaks both English and Spanish quite fluently.

看完了表「進行」含義的現在分詞例子後，我們接著再看表「主動」含義的現在分詞例句：

(7) *When Helen fell down the stairs,* she sprained her ankle.
（當 Helen 從樓梯跌下來時，她扭傷了腳踝。）
→ *When falling down the stairs,* Helen sprained her ankle.
→ *Falling down the stairs,* Helen sprained her ankle.
（從樓梯跌下來時，Helen 扭傷了腳踝。）

(8) *As Fred had no assignments tonight,* he went to a movie with his friends.
（由於 Fred 今晚沒有作業，他和朋友們去看電影了。）
→ *As having no assignments tonight,* Fred went to a movie with his friends.
→ *Having no assignments tonight,* Fred went to a movie with his friends.
（由於今晚沒有作業，Fred 和朋友們去看電影了。）

(9) The child ran away immediately *when he saw his teacher show up at the corner.*

（當這小孩看到他的老師在街角出現時，他立即跑走。）

⟶ The child ran away immediately *when _seeing_ his teacher show up at the corner.*

（當看到他的老師在街角出現時，這小孩立即跑走。）

如果納悶這句改為分詞構句後，連接詞 *when* 為什麼沒有省略，請再回頭瞄一下例(2)（p. 129）的說明囉！

(10) *Because Jane was angry with me,* she refused to reply to my e-mail.

（因為 Jane 在生我的氣，她拒絕回我的電郵。）

⟶ *_Being_ angry with me,* Jane refused to reply to my e-mail.

（因為在生我的氣，Jane 拒絕回我的電郵。）

改為分詞構句後，別忘了要依照英美人士語法習慣，把連接詞 *Because* 刪除；此外，因為 *_Being_* 還能省略，所以本句還能精簡為：

⟶ *Angry with me,* Jane refused to reply to my e-mail.

(11) *When Tom arrived at the train station,* he found the train had already left.

（當 Tom 抵達火車站時，他發現火車已經開走了。）

⟶ When *_arriving_* at the train station, Tom found the train had already left.

⟶ *_Arriving_* at the train station, Tom found the train had already left.

（抵達火車站時，Tom 發現火車已經開走了。）

(12) *Though I understand what you are saying,* I still don't believe you.
（雖然我瞭解你正在說什麼，我還是不相信你。）

    ⟶ *Though understanding what you are saying,* I still don't believe you.

    ⟶ *Understanding what you are saying,* I still don't believe you.
（雖然瞭解你正在說什麼，我還是不相信你。）

再來當然是要驗證改完後的「being」或「having been」省略後，是不是也會出現表「被動」的過去分詞了：

(13) *If the students are properly encouraged,* they will do better.
（如果學生們受到適當的鼓勵，他們會表現得更好。）

    ⟶ *If being properly encouraged,* the students will do better.

我們再把 being 省略，這句又能改寫成：

    ⟶ *If properly encouraged,* the students will do better.
（如果適當鼓勵，學生們會表現得更好。）

果然出現表「被動」的過去分詞了；再把連接詞 *If* 省略，還能精簡成下句（下列各例句亦如是）：

    ⟶ *Properly encouraged,* the students will do better.

(14) *When wool is soaked in hot water,* it tends to shrink.
（羊毛被浸泡在熱水中時，很容易縮水。）

    ⟶ *When being soaked in hot water,* wool tends to shrink.

    ⟶ *When soaked in hot water,* wool tends to shrink.

    ⟶ *Soaked in hot water,* wool tends to shrink.
（浸泡在熱水中，羊毛很容易縮水。）

　　　　　　　第三章、動狀詞（分詞）

(15) *Since the letter was addressed to the wrong house*, it never reached me.

（由於這封信的受件地址寫錯了，我一直沒收到。）

⟶ *Since being addressed to the wrong house*, the letter never reached me.

⟶ *Since addressed to the wrong house*, the letter never reached me.

⟶ *Addressed to the wrong house*, the letter never reached me.

（受件地址寫錯了，我一直沒收到這封信。）

(16) *After Tina was nominated*, she started to run the mayoral campaign.

（Tina 被提名後，她就開始競選市長的活動。）

⟶ *After being nominated*, Tina started to run the mayoral campaign.

⟶ *After nominated*, Tina started to run the mayoral campaign.

⟶ *Nominated*, Tina started to run the mayoral campaign.

（被提名後，Tina 就開始競選市長的活動。）

(17) *Although the two sisters were born of the same parents*, they didn't look like each other at all.

（雖然這兩姐妹是同一父母所生，她們看起來一點都不像。）

⟶ *Although being born of the same parents*, the two sisters didn't look like each other at all.

⟶ *Although born of the same parents*, the two sisters didn't look like each other at all.

⟶ *Born of the same parents*, the two sisters didn't look like each other at all.

（雖然是同一父母所生，這兩姐妹看起來一點都不像。）

(18) *As the fortress had been seized*, it was soon destroyed.

（因為該要塞被攻占，它很快就被摧毀了。）

——▶ As *having been seized*, the fortress was soon destroyed

——▶ *Having been seized*, the fortress was soon destroyed

（因為被攻占，該要塞很快就被摧毀了。）

改成後之現在分詞片語 *Having been seized* 帶有「having been」；因為從句意可以輕易看出，主詞一定是「先被攻占」，再「被摧毀」，時間的前後順序不會被誤解，所以，「having been」當然也可以省略，因此本句還能進一步精簡為：

——▶ *Seized*, the fortress was soon destroyed

3.2.3.2 異主詞分詞構句（表「進行」、「主動」或「被動」）

與同主詞分詞構句由來相同，都是由表時間、原因或理由、條件或讓步等副詞子句簡化而來（請參照第上一節說明），簡化步驟如下：

1. 首先，副詞子句與主要子句須不同主詞，
2. 刪除副詞子句連接詞，
3. 保留副詞子句主詞，
4. 將副詞子句中的動詞（必須是不含情態助動詞的動詞）改為現在分詞，
5. 改成後之現在分詞若是或帶有「being」或「having been」，如不影響句意，也可以省略，
6. 異主詞分詞構句或稱「獨立分詞」（如忘記這稱謂是啥，趕緊參閱第 124 頁的第 3.2.2.3 節說明）改成囉！

如同上節的同主詞分詞構句，此處改成後的現在分詞也會有表「進行」，或表「主動」含義的；當然，改成現在分詞後若帶有「being」或「having been」，在不影響句意的情況下省略後，仍然有可能會出現表「被動」的過去分詞。我們就先來看看表「進行」含義的現在分詞例子：

(1) *Because it was raining*, we decided to remain at home.
（因為正下著雨，我們就決定待在家裡了。）

1. 檢查副詞子句主詞為 *it*，主要子句主詞是 we，<u>不同主詞</u>，可以進行下一步驟，
2. 刪掉連接詞 *Because*，
3. 保留副詞子句主詞 *it*，
4. 將副詞子句中的動詞片語 *was raining* 改為現在分詞片語 *being raining*，
5. 改成後之現在分詞片語 *being raining* 帶有「being」，因為從句意可以輕易看出來，天氣是「正下著雨」，另外，兩個 V-ing 放在一起，看起來不太順眼，所以，「being」以省略為佳，
6. <u>異主詞</u>分詞構句或稱「獨立分詞」於焉改成！如下句：

⟶ *It <u>raining</u>*, we decided to remain at home.
（正下著雨，我們就決定待在家裡了）

由於連接詞已被刪除，改成分詞構句後的中譯只要微調一下就可以了，底下例句皆如是：

(2) *While Anne was reading,* her sister was doing her homework.
（正當 Anne 在閱讀時，她妹妹在寫功課。）

　　── *Anne reading,* her sister was doing her homework.
　　　　（Anne 在閱讀，她妹妹在寫功課。）

(3) *When the old man was crossing the street,* an oncoming taxi almost
hit him.
（當這老人正過馬路時，一部迎面而來的計程車差點撞
上他。）

　　── *The old man crossing the street,* an oncoming taxi almost hit him.
　　　　（這老人過馬路時，一部迎面而來的計程車差點撞上
　　　　他。）

(4) *As Jean had been working hard recently,* her boss decided to promote
her.
（由於 Jean 最近工作非常勤奮，她的老闆決定要將她升
職。）

　　── *Jean having been working hard recently,* her boss decided to
　　　　promote her.
　　　　（Jean 最近工作非常勤奮，她的老闆決定要將她升
　　　　職。）

改成後之現在分詞片語 *having been working* 帶有「having
been」，由於後面跟著時間副詞 *recently*，顯然主詞一定是
「最近先有了工作勤奮」的表現，老闆「後再決定」要
將她升職，時間的前後順序不會被誤解，所以，「having
been」自然可以省略，因此本句還能進一步精簡為：

　　── *Jean working hard recently,* her boss decided to promote her.

　　　　　　　　　　　　第三章、動狀詞（分詞）

瞭解了上列表「進行」含義的現在分詞之來龍去脈後，我們緊接著再看表「主動」含義的現在分詞例句：

(5) *Since the sky cleared up,* the hunters set out to hunt.

　　（因為天氣放晴，獵人們出發打獵去了。）

　　──➤ *The sky <u>clearing</u> up,* the hunters set out to hunt.

　　　（天氣放晴，獵人們出發打獵去了。）

(6) *When the sun had set*, we arrived at a small fishing village.

　　（太陽下山後，我們到了一個小漁村。）

　　──➤ *The sun <u>having set</u>,* we arrived at a small fishing village.

　　　（太陽下山後，我們到了一個小漁村。）

(7) We will go on a picnic tomorrow, *if weather permits.*

　　（如果天氣允許，我們明天就去野餐。）

　　──➤ We will go on a picnic tomorrow, *weather <u>permitting</u>.*

　　　（天氣允許，我們明天就去野餐。）

附帶一提，按照文法規定，副詞子句在主要子句後面時，這兩個子句中間是不需要逗點的，但是同學們有沒有發現，本句就是副詞子句在後，主要子句在前，中間卻有逗點。其實，這種例外是被允許的，同學們要瞭解，幾乎任何語言都是先有口語，才有文字，之所以會有文字，是為了要紀錄、傳達口語，而逗點也是文字的一部分，它最大的功能就是用來表示口語中的「停頓」，提醒對方，緊接著我就要講到重要處，你可得聽仔細了。本句就是如此，明天能否野餐，取決於天氣，這項資訊當然重要，這就是為什麼副詞子句前會有逗點的理由啦！

(8) *As night had fallen,* the climbers started to set up a camp for the night.

（由於夜幕低垂，這些登山客開始紮營準備過夜。）

━━▶ *Night having fallen,* the climbers started to set up a camp for the night.

（夜幕低垂，這些登山客開始紮營準備過夜。）

最後我們再看看把改完後的「being」或「having been」省略後，是不是也會像同主詞分詞構句般出現表「被動」的過去分詞呢？

(9) *After the work was done,* he went to see a movie downtown.

（做完這工作後，他進城看了場電影）

━━▶ *The work being done,* he went to see a movie downtown.

（做完這工作，他進城看了場電影）

再把 *being* 省略後，本句又能改寫成：

━━▶ *The work done,* he went to see a movie downtown.

這時，果不其然就出現表「被動」的過去分詞了。下面的句子也是如此：

(10) *Although she was empowered by the government to mediate between labor and management,* both sides still couldn't reach a consensus.

（雖然她被政府授權在勞資間斡旋，但雙方仍無法達成共識。）

━━▶ *She being empowered by the government to mediate between labor and management,* both sides still couldn't reach a consensus.

━━▶ *She empowered by the government to mediate between labor and management,* both sides still couldn't reach a consensus.

（她被政府授權在勞資間斡旋，但雙方仍無法達成共識。）

(11) *Since the school fair has been delayed,* we still have to go to class tomorrow.

（既然學校園遊會已經延期，明天我們仍須上課。）

⟶ *The school fair* <u>*having been delayed,*</u> we still have to go to class tomorrow.

（學校園遊會已經延期，明天我們仍須上課。）

改成後之現在分詞片語 *having been delayed* 帶有「having been」，因為從句意就可以看出當然是「先延期」，「後仍須上課」，時間的前後順序不會被誤解，因此，「having been」自然可以省略，所以，本句還能進一步精簡為：

⟶ *The school fair* <u>*delayed,*</u> we still have to go to class tomorrow.

此時，又出現表「被動」的過去分詞了。

3.2.4 表「完成」的過去分詞

我們在第 3.2 節（p. 100）開頭就提到，表「進行」、「主動」的現在分詞以及表「被動」的過去分詞，幾乎都是<u>由形容詞子句</u>、<u>對等結構</u>或<u>副詞子句</u>簡化而來，這些我們都已經分別舉例說明，現在，該來談談表「完成」的過去分詞了。基本上，這類過去分詞的形成，並無規則可循，所以學習它們最簡單的辦法就是多聽、多讀，見一個、記一個；如果自己心血來潮，想用某個過去分詞來造句，最好先查字典，確定該過去分詞已被字典收錄為形容詞了，否則，不宜貿然隨意創字，那是會鬧笑話的。現在，我們就來看幾個常見的表「完

成」的過去分詞範例：

(1) The street was blocked by <u>fallen</u> trees after the typhoon.
（這條街在颱風過後被倒下的樹堵住了。）

句中的 *fallen* 就是表「完成」的過去分詞，也就是「已經發生」的概念，與「被動」無關，這些樹不會「被倒下」，而是你路過看到的時候，就「已經倒在」那邊了，單純表「完成」。以下的各例句也都是如此，同學們可以細心體會，就不再一一贅述了。

(2) Tom is a <u>retired</u> Air Force officer.
（Tom 是位已退役的空軍軍官。）

(3) A <u>grown</u> person should not behave that way.
（成人，即已長大的人，不該有那種行為。）

(4) She got <u>engaged</u> to Tom on her twenty-fifth birthday.
（她在二十五歲生日當天跟 Tom 訂了婚。）

(5) Nobody can deny that this is an <u>accomplished</u> fact.
（沒有人能否認這是既定的事實。）

(6) The <u>deceased</u> was a great firefighter.
（逝者，即已過世的人，是位偉大的消防員。）

(7) We should drink <u>boiled</u> water for the sake of hygiene.
（為了衛生緣故，我們應當喝煮沸過的水。）

(8) The angler found a <u>drown</u> body in the river.
（釣客在河裡發現一具溺斃的屍體。）

(9) The <u>escaped</u> convict was soon arrested by the police.
（那個脫逃的受刑人很快就被警方逮捕了。）

(10) The <u>returned</u> scholar was greeted with cheers at the airport.
（這位<u>歸國的</u>學人在機場受到熱烈的歡呼。）

(11) The aborigines on the island live on <u>dried</u> fish in winter.
（島上的原住民在冬季以<u>風乾的</u>魚為主食。）

(12) There is a <u>ruined</u> castle at the foot of the hill.
（山腳下有座<u>荒廢的</u>城堡。）

(13) The <u>faded</u> photographs brought back those happy memories of her childhood.
（這些<u>褪色的</u>照片喚醒了她童年快樂的回憶。）

(14) The days are <u>gone</u> when we could buy a bowl of noodles for ten dollars.
（我們花十塊錢就能吃碗麵的日子<u>已經過去了</u>。）

(15) All the trains whistled at the same time to mourn for the <u>departed</u> passengers and crew members in the accident.
（所有的火車齊聲鳴笛悼念在意外中喪生，即<u>已死亡的</u>，乘客及工作人員。）

附註：<u>departed</u>為動詞 depart（出發，離開）的過去分詞，做「過去的」解，可婉言為「已死的」。

第四章、句型結構

1. 前言

王伯怡老師（1984）在他所著《英文句式詳解》書中一開頭便指出：「英文是一種分析的語言（Analytic Language），任何繁難的句子，均可根據一定的句型而加以分析，...」（頁 1）。作者受其啟發，歷經數十年潛心研究，果真發現普天之下所有的英文句子都有一定的構型，句中<u>字詞</u>、<u>片語</u>甚或<u>子句</u>間都有既定的<u>依存關係</u>，而這種依存關係都有一定的模式，所以，任何句子，不論多長、多繁雜，都可以透過對<u>句型結構</u>的分析來加以理解（天底下沒有<u>看不懂</u>的英文句子，只有<u>不懂得看</u>的句子）。如：

(1) The song "Somewhere over the Rainbow" can surely soothe the fear, anxiety, and anger brought about by the killing spree happening on the MRT in Taipei and the shooting rampage taking place on the Santa Barbara campus of the University of California.

這句子跨了四行，相當長，沒附中譯，也不做任何提示，是為了讓同學們先試試，能否自行看出大意。如果似懂非懂，或完全不懂，都屬正常，因為你可能是依照以往的閱讀模式，一字一詞由前往後看，句子拉長了，看得有點迷糊了，得再回頭重新看起，這麼一折騰，閱讀時間拉長

了，看完句子大概也只「猜」得懂六、七分含義，甚至更少。如果你看完本句也是這樣，千萬別氣餒，這是國人閱讀英文的通病，因為不懂得分析，往往事倍功半。其實，你只要先找出這個句子的主詞（song）、動詞片語（can soothe）與受詞（fear, anxiety, and anger），（歌可以撫慰恐懼、焦慮與憤怒），再把其餘修飾語放回句子裡（底下會逐一討論），自然就輕易地看懂這個長句了。又如：

(2) The plantation system, based on tobacco growing in Virginia, North Carolina, and Kentucky, and rice in South Carolina, expanded into lush new cotton lands in Georgia, Alabama, and Mississippi—and needed more slaves.

把主詞（system）、動詞（expanded and needed）與受詞（slaves）先找出，（體制擴展，需要奴隸），剩下來的功夫只是補回修飾語而已。

附註：上述兩個例句詳解會置於文後。待同學們閱完此書，融會貫通了本書要點後，再看此二句，應會有撥雲見日、豁然開朗之感，就請耐心等待見證奇蹟囉！

2. 句型結構概念

要懂得分析，就得先了解英文的句型結構。就英文法而言，如果把整部文法看作是一棟房子，句型結構就像是房子的地基、棟樑，其餘的細部文法就是其他的建材。地基、棟樑一定要先求紮實，房子不會垮了，再來慢慢挑選合宜的建材，繼續疊牆、鋪磚、蓋瓦（亦即細部文法再慢慢逐步適時到位），這樣的房子一定堅固，也不失美觀。

要了解句型結構，必須先了解甚麼叫<u>句子</u>。構成英語句子的<u>基本元素</u>只有四種—<u>主詞</u>、<u>動詞</u>、<u>受詞</u>、<u>補語</u>。這四大要素就像是一個家裡頭的<u>夫</u>、<u>妻</u>、<u>兒</u>、<u>女</u>一樣，要構成完整的家庭，<u>至少</u>也要四大元素中的<u>二個</u>（夫、妻）才能產生，有的家庭具備了三個元素（加上兒子），有的具備了四個（再加上女兒）。當然，除了四大家庭成分之外，有時爲了因應某些需求，還須要請<u>幫傭</u>來協助料理家務，這些幫傭就是<u>修飾語</u>，也就是<u>形容詞</u>、<u>副詞</u>（含<u>單字</u>、<u>片語</u>、<u>子句</u>）。舉個簡單的例子：

(1) She is a girl.
（她是個女孩。）

有主詞（She）、動詞（is）與補語（girl），基本上是個標準的句子了，不過內容稍嫌空洞，我們可以加些修飾語，讓句子更有內涵：

(2) She's a <u>pretty</u> girl.
（她是個漂亮女孩。）

加入單字形容詞 <u>pretty</u>（漂亮的），說明女孩的特質。當然，還可以再多些描述，如：

(3) She is a pretty girl <u>with long hair</u>.
（她是個留了一頭長髮的漂亮女孩。）

再加入片語形容詞 <u>with long hair</u>（留了一頭長髮的），進一步說明女孩的外觀。如果覺得還不夠，當然可以再添加修飾語，如：

(4) She is a pretty girl with long hair <u>who lives in Penghu</u>.
（她是個住在澎湖，留了一頭長髮的漂亮女孩。）

再添加一個形容詞子句 who lives in Penghu（住在澎湖的），句意就更完備了。看到這裡，可能會有同學要大聲抗議了，奇怪，學校老師明明再三交代，形容詞子句一定要緊跟著先行詞（或稱前述詞，也就是它修飾的對象），怎麼這個形容詞子句 who lives in Penghu 沒緊跟到它的先行詞 girl 呢？別緊張，學校老師當然沒錯，可這句子也沒錯喔！形容詞片語 with long hair 與形容詞子句 who lives in Penghu 都是用來修飾名詞 girl 的，同學還記得我們在第一章第 3.2 節例(2)的說明裡（p. 19）提到的潛規則嗎？「兩個（或以上）同類的修飾語（副詞與形容詞皆如是）並列時，原則上<u>小單位在前</u>，<u>大單位在後</u>。」所以，當然是形容詞片語在前、形容詞子句在後，共同修飾名詞 girl 囉！

注意：形容詞唯一任務就是修飾（或說明）名詞，這跟中文是一樣的，不同的是，中文的形容詞不管是單字、片語甚或子句，總是放在被修飾（或說明）的名詞前，而英文只有單字形容詞是放在被修飾（或說明）的名詞前，而形容詞片語甚或子句就得放在被修飾（或說明）的名詞後了，這個重要的觀念我們在第一章第 3.1 節（p. 17）已提過，同學可以回頭再看一下上述各例句。只要記住這一點，形容詞的使用應該就沒什麼問題了。

又如：

(5) He sings.
（他唱著歌。）

有主詞（He）、動詞（sings），基本上也是個正確無誤的句子，我們也來加些修飾語，讓這句子精彩些：

英語句型結構
English Sentence Patterns

146

(6) He <u>always</u> sings.
（他總是唱著歌。）

先加入頻率副詞 <u>always</u>（總是），說明動詞發生的頻率有多高。接著，我們再加個情態副詞 <u>happily</u>（開心地）來修飾動詞好了：

(7) He always sings <u>happily</u>.
（他總是開心地唱著歌。）

如果還要把話說的更仔細些，當然還可以再加些修飾語：

(8) He always sings happily <u>in a loud voice</u>.
（他總是開心地大聲唱著歌。）

這次我們加入另一個情態副詞片語 <u>in a loud voice</u>（大聲地）進一步修飾動詞。當然，我們也可以再加上一個地方副詞片語 <u>at home</u>（在家），來說明動詞發生的地點：

(9) He always sings happily in a loud voice <u>at home</u>.
（他在家總是開心地大聲唱著歌。）

地點有了，在什麼時候唱著歌總也要順便交代一下，此時，我們就再加上一個時間副詞子句 <u>while he is taking a shower</u>（當他洗澡時），來說明動詞發生的時間：

(10) He always sings happily in a loud voice at home <u>while he is taking a shower</u>.
（他在家洗澡時總是開心地大聲唱著歌。）

同學們此時應該可以發現，上面的例句，添加了各種副詞後，不需前文後意，也知道這句子精確的含義了。

注意：英文副詞的功能大抵與中文的副詞類似，可以拿來修飾動詞、形容詞、其它副詞甚至全句（我們在第 17 頁的第一章第 3 節已提過此一概念），其中又以修飾動詞爲大宗，要特別留意的是這些副詞在句中的位置（或順序），原則上，頻率副詞最貼近動詞，再來是情態副詞、地方副詞、時間副詞等依序往後排列；如果同性質的兩個（或以上）副詞（形容詞亦如此）並列，基本原則是先短後長（先短字、後長字）或先少後多（先少字後多字），也就是我們在我們在第一章第 3.2 節例(2)的說明裡（p. 19）提到的「小單位在前，大單位在後」的潛規則，同學可以再瞄一眼上面各例句。這些基本原則把握住，副詞應該就沒什大問題了。

3. 修飾語

修飾語原則上可有可無、可增可減，所以，不列入組成英語句子的必要元素中，也就是說，句子只要有了主結構－主詞、動詞、受詞、補語，即使沒有任何修飾語，也不會影響句子的「合法」性（合乎文法）。但是，如前例所示，光有主結構，雖然句子的基本意思表達清楚了，卻常顯空洞無味，如果想要進一步使句意更清晰、明確，就必須添加修飾語，每增加一個修飾語，句意就更清楚、明朗些。例如：

(1) People enjoy freedom.
（人們享有自由。）

有了主詞（People）、動詞（enjoy）與受詞（freedom），這個句子絕對合法，不過，如果能交代清楚是哪些人、在何時、

何地，享有哪些自由，句意自然更加明確，這時就得靠修飾語來幫忙了。如：

(2) People <u>of all ages</u> enjoy freedom.
（人們不分老少皆享有自由。）

加入形容詞片語 <u>of all ages</u>（所有年齡層的—即不分老少之意）來修飾主詞 People，哪些人享有自由就交代清楚了。接著：

(3) People of all ages enjoy freedom <u>of speech</u>.
（人們不分老少皆享有言論自由。）

再加入形容詞片語 <u>of speech</u>（言論的）來修飾受詞 freedom，如果覺得意猶未盡，我們還可以再擴充這個片語為 <u>of speech and religion</u>（言論和宗教的）：

(4) People of all ages enjoy freedom <u>of speech and religion</u>.
（人們不分老少皆享有言論和宗教的自由。）

我們用形容詞片語說清楚了是哪些人享有哪些自由後，還可說明是在何時、何地享有這些自由，這時後，就得用副詞修飾語來修飾動詞，說明享有自由的時間及地點了。先說明地點：

(5) People of all ages enjoy freedom of speech and religion <u>in Taiwan</u>.
（人們在台灣不分老少皆享有言論和宗教的自由。）

再進一步說明時間：

(6) People of all ages enjoy freedom of speech and religion in Taiwan <u>nowadays</u>.
（人們現今在台灣不分老少皆享有言論和宗教的自由。）

透過上面的例句，同學們是不是都已經看出來，每添加一個修飾語，句意就更清楚、更明確呢！

因此，句子光「合法」顯然還不夠，就像凡事要兼具「法、理、情」（或情、理、法）一樣，也都要兼顧常理和情感，否則光講法（也就是光研究主詞、動詞、受詞、補語等主結構），不顧常理和情感，那不成了所謂的恐龍法官，亂判一通了。所以研究句型結構，除了主結構外，修飾語當然也是重點。

前面已經提到過，修飾語不外乎形容詞與副詞，可以是單字、片語或子句。單字問題不大，真搞不清楚時可以查查字典，它會明確的告訴同學這個單字是形容詞（adjective）或副詞（adverb）。子句也不難，只要帶有連接詞，有主詞、動詞，附著在句子裡的小句子，應該不難看出是形容詞或副詞子句。較麻煩的是片語，還好我們在第一章第 3 節（p. 17）已經教同學們一個小訣竅，只要看到介系詞加受詞這樣的片語出現在句中，它不是當形容詞，就是做副詞用，同學們也可以回頭再仔細看看上述的相關例句，就這麼簡單，把這個撇步記下來保證受用無窮！

我們在第 2 節（p. 144）已提過，要構成「合法」的句子，至少也要四大要素中的二個才能產生，有的要三個，有的要四個；其中主詞就像是家裡頭的家長（管錢的太座大人），而動詞就是他們的總管家（管做事的丈夫），沒有家長和總管家參與的事肯定做不成，也就是說，句子要能成立，一定要有主詞、動詞，雖然有些句子沒看到主詞或動詞，其實不是沒有，只是省略而已。

知道甚麼是「合法」的句子，就可以開始研究「句型」了。這是分析的基本功，同學們一定要融會貫通。全部的英語句型，歸納起來，只有五種，這些句子會有不同，是因為動詞性質不

同的關係，所以我們可以依照動詞的性質來劃分這五大句型。

4. 動詞的性質

英文動詞有及物、不及物、完全、不完全等性質。同學們千萬不要被這些術語嚇到了，講白話些，及物就是動詞後必須接受詞；不及物動詞當然不接受詞；如果動詞是完全的話，表示這動詞本身含義已經夠完備，後頭不須要再接一些補充說明的字詞了；看到這兒，同學們應該猜得出來什麼是不完全了吧？就是光有動詞還不夠，得再加些字，人家才懂句意。如：

(1) She ate an apple.
（她吃了顆蘋果。）

動詞 ate 就具有及物的性質，而蘋果 apple 就是它的受詞，簡單吧！再如：

(2) Birds fly.
（鳥兒飛翔。）

動詞 fly 具有不及物的性質，後面可以不要加受詞，又如：

(3) He made a bookshelf.
（他做了一個書架。）

動詞 made 具有完全的性質，因為也能做及物動詞，所以只要後頭跟了受詞，不須要再接一些補充說明的字詞，旁人也懂的。不過，如果有人說出下面這一句話，恐怕會嚇人一大跳：

(4) The news <u>made</u> me.（？）

（這則消息做了我。）

　　上面這句話嚇人是因為動詞 <u>made</u> 也具有<u>不完全</u>的性質，這時它的意思是「使得（受詞）...」，因此，得在受詞 me 的後面再加些補充說明的字詞（稱為「補語」），否則，是會鬧出笑話來的：

(5) The news <u>made</u> me happy.

（這則消息使我開心。）

　　如此一來，這句子才算大功告成！

5. 五大句型

　　由上面舉的幾個例子，同學們應該看出來，這些<u>及物</u>、<u>不及物</u>、<u>完全</u>、<u>不完全</u>等性質並不是專屬哪些動詞，也就是說，有些動詞可以是<u>及物</u>動詞，也可以是<u>不及物</u>動詞；可以當<u>完全</u>動詞來用，也可以做<u>不完全</u>動詞，這點是同學必須特別注意的。好了，有了這些重要的概念後，就可以開始來介紹五大句型了（如下列示意圖）：

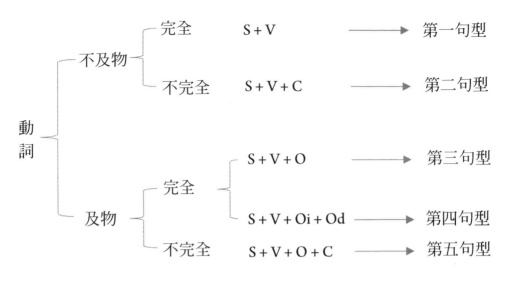

（五大句型示意圖）

提示：S 為主詞（Subject），V 為動詞（Verb），C 為補語
（Complement），O 為受詞（Object），Oi 則為間接受詞
（Indirect Object），而 Od 即為直接受詞（Direct Object）之
意。

5.1 第一句型（S + V）

會出現在第一句型的動詞都是<u>完全</u>、<u>不及物</u>動詞，因為完全，
不須要補語；又因為不及物，自然也不用接受詞，換句話說，
只要有主詞、動詞，就合法了。如下例各句：

(1) <u>Come</u>.
（來。）

不要懷疑，這句絕對是標準的句子，只是省略了主詞 You 的
祈使句而已。

(2) Dogs <u>bark</u>.

（狗會吠。）

(3) The baby *always* <u>cries</u>.

（這嬰兒老哭著。）

為了讓句意更明確，我們在這句加了頻率副詞 *always* 來修飾動詞。

(4) Time <u>flies</u> *like an arrow*.

（時光似箭。）

這句我們加了情態副詞片語 *like an arrow* 來修飾動詞。這裡要特別注意，like 可不是動詞（喜歡），而是介系詞（像...），加了受詞 arrow，就成了情態副詞片語了。

(5) People <u>do</u> *not* <u>live</u> *by bread only*.

（人不能僅靠麵包活著。）

首先，本句的動詞片語可得把助動詞 <u>do</u> 算在內，有了它，我們才能加入否定副詞 *not* 來否定動詞 <u>live</u>；再來，*only* 這個副詞是修飾 *by bread* 這個情態副詞的，同學們別忘了，副詞是可以用來修飾其它副詞的，這些都分析得一清二楚，句子自然就看懂了。另外值得一提的是，本句如果沒有副詞修飾語 *by bread only* 來修飾否定的動詞片語 <u>do</u> *not* <u>live</u>，句子是合法了，語意卻不明（People <u>do</u> *not* <u>live</u>...，人不能活著？），可見除了主結構外，修飾語也是非常重要的。

(6) Birds *of a feather* <u>flock</u> *together*.

（相同羽毛的鳥會聚在一起；即物以類聚。）

先找到主結構，也就是主詞 Birds 與動詞 <u>flock</u>，再補上形容詞片語 *of a feather*（修飾主詞 Birds）及副詞 *together*（修飾動

詞 <u>flock</u>），句子自然就看懂了。另外，同學們可千萬不要把形容詞片語 *of a feather* 中的冠詞 *a* 譯作「一支（羽毛）」，冠詞 *a* 除了當「一（個、位、隻...等）」解外，還能做「相同的」解釋（= the same），如：

The boy and the girl are of *an* age.
（這女孩和這男孩同年。）

All the crew members are all of *a* mind.
（所有組員都一條心。）

上面這兩句裡的形容詞片語 of *an* age（相同的年齡）、of *a* mind（相同的想法）中的冠詞 *a* 就都做「相同的」解。

(7) He <u>wept</u> *partly in sorrow* and *partly in anger*.
（他一方面由於悲傷、另一方面由於憤怒地哭了。）

第一個副詞 *partly* 修飾情態副詞片語 *in sorrow*，第二個副詞 *partly* 修飾另一個情態副詞片語 *in anger*，再用對等連接詞 and 連接這兩組副詞片語（*partly in sorrow* 與 *partly in anger*），共同修飾動詞 <u>wept</u>，說明主詞當時的情緒。

(8) The soldiers <u>returned</u> *to their hometown at the end of the war*.
（軍人們戰後返回故里。）

地方副詞 *to their hometown* 及時間副詞 *at the end of the war* 修飾動詞 <u>returned</u>；有了這兩個副詞片語，我們就知道主詞是返回何處，於何時返回，句意就更清楚了。附帶一提時間副詞 *at the end of the war* 的形成方式，它包含了一個形容詞片語 *of the war*，修飾它前面的名詞 *end*，整個時間副詞的意思就表達的一清二楚了（在戰爭結束時），所以，我們研究句型，分析修飾語的功夫絕不可少。

(9) Some announcers <u>talk</u> *without moving eyebrows* and *with expressionless faces.*

（有些播音員播報時眉毛動也不動也面無表情。）

由對等連接詞 and 連接兩個情態副詞片語 *without moving eyebrows* 及 *with expressionless faces*，同時修飾動詞 <u>talk</u>；有了這兩個副詞修飾語，我們就能輕易想像出主詞的撲克臉了。

(10) *In order to know a person's character* you <u>have</u> *only* <u>to travel</u> *with him or her for a few days.*

（要了解一個人的德行，你只要跟他或她旅行數日便可；亦即，共同生活數日，此人的優、缺點就都展露無遺了。）

放在句首（也就是置於主詞 you 前面），用來加強語氣的不定詞片語 *In order to know a person's character*（屬表「目的」的副詞）、副詞 *only*、副詞片語 *with him or her*，以及時間副詞 *for a few days*，都是修飾動詞片語 <u>have to travel</u> 的。我們只要先找到主詞、動詞，再把修飾語一一補回，標定它們修飾的對象，就不會有看不懂的句子了。

5.2 第二句型（S＋V＋C）

會用在第二句型的動詞都是<u>不完全</u>、<u>不及物</u>動詞，因為不完全，需要補語；因為不及物，不用接受詞，也就是說，除了主詞、動詞外，還要有<u>主詞補語</u>，用來補充敘述、或說明主詞，這句子才算完整。用在本句型最典型的動詞就是 be 動詞了（用來表達「是…」的概念，有時中文是譯不出來的），試想今天如果有人說出這樣的句子：

(1) She is ... （？）

　　（她是 ...）

聽這話的人應該還是會豎起耳朵，聽聽看下文是什麼，因為這句子雖有主詞、動詞，但句意還是不完整嘛，所以非得有個主詞補語不可，如下句：

(2) She is *beautiful.*

　　（她很美。）

有了形容詞 *beautiful* 做主詞補語，補充說明主詞的性質，大家就都聽懂了。這就是本句型為何需要主詞補語的道理。有了這個基本概念，我們就以最典型的不完全、不及物動詞—be 動詞—為例，先來討論一下究竟有哪些詞類可以拿來做主詞補語。

5.2.1 主詞補語

如前所述，主詞補語的任務是用來補充敘述、或說明主詞的，而主詞都是由<u>名詞</u>系統（註一）擔任，而能夠拿來描述名詞的詞類自然只有<u>形容詞</u>系統（註二）或<u>名詞</u>系統了，分述如後：

註一：<u>所謂名詞系統</u>，就是除了名詞、代名詞，「定冠詞 ＋ 形容詞」（此部分留待第三句型再詳談）之外，動名詞、不定詞也能充當名詞用（請參閱第 23 頁的第二章第 1 節說明），另外，除了名詞單字，也包含名詞片語、名詞子句等。

註二：<u>形容詞系統</u>主要包含了形容詞、動名詞、不定詞、分詞等（也請參閱第 23 頁的第二章第 1 節說明），當然，除了形容詞單字，也包含片語、子句等。

5.2.1.1 名詞做主詞補語

用<u>名詞</u>來補充敘述、或說明做主詞的名詞，這是最常見不過的了，如：

(1) Tom is a *teacher*.
（Tom 是老師。）

(2) Knowledge is *power*.
（知識就是力量。）

(3) Happiness is a *by-product* of achievement.
（快樂是成就的副產品。）

做主詞補語的名詞 *by-product* 後面帶了一個後位修飾的形容詞片語 of achievement，如此一來，句意才夠明確。

(4) The most difficult thing to open is a closed *mind*.
（最難開啓的事物是封閉的心智。）

這個句子除了要先注意到做主詞補語的名詞 *mind* 之前有個修飾它的形容詞 closed，還要留意主詞後面的不定詞 to open，它在這兒是當形容詞用，修飾它前面的主詞 thing，而這個不定詞意義上的受詞，正是它修飾的對象 thing，如果看得有點迷糊，別慌，回頭再複習一下第二章第 3.2 節（p. 57）及第 3.5.2 節（p. 74）。

(5) Kindness is a *language* which the deaf can hear and the blind can see.
（仁慈是一種聾人聽得到、盲人看得見的語言。）

做主詞補語的名詞 *language* 後面帶了一個後位修飾的形容詞子句 which the deaf can hear and the blind can see，有了這個修飾語，旁人才更了解這句子的含義，所以，研究句型的同時，

也絕不能忽略修飾語的重要性。

5.2.1.2 形容詞做主詞補語

形容詞的天職就是修飾名詞，所以用<u>形容詞</u>來補充敘述、或說明做主詞的名詞，這更是天經地義，如：

(1) She is *pretty*.
（她很漂亮。）

(2) The boy is *diligent*.
（這男孩很勤勉。）

(3) Cheerfulness is *contagious*.
（歡樂是會傳染的。）

(4) Tom is *clever* at making excuses.
（Tom 很會找藉口。）

做主詞補語的形容詞 *clever* 後面帶有副詞修飾語 at making excuses，進一步說明主詞擅長做的事。

(5) The smallest good deed is *better* than the grandest intention.
（最小的善行要比最崇高的意念要來得好；亦即，行善不能光想，要付諸行動。）

做主詞補語的比較級形容詞 *better* 後面接了表比較的副詞修飾語 than the grandest intention，透過這個修飾語，我們才清楚比較的對象為何（也就是「最小的善行」與光說不練的「最崇高的意念」來作比較）。

5.2.1.3 不定詞做主詞補語

不定詞在句子裡不但可以充當<u>名詞</u>，也能做<u>形容詞</u>用，自然

也能擔任主詞補語這個角色，這部分我們在第二章第 3.1.2 節（p. 47）已討論過，我們在此再舉幾個例子：

(1) To see is *to believe*.
（眼見為憑。）

(2) To love is *to give*.
（愛要給予；也就是說，不能只要求另一半付出，自己也要給予。）

(3) The meeting is *to be held* tomorrow morning.
（會議定於明早舉行。）

擔任主詞補語的是不定詞的被動式 *to be held*（如忘了不定詞的被動式用法，請再回頭參閱第 65 頁的第二章第 3.3.2 節例(4)的說明），它帶有時間副詞 tomorrow morning，說明開會的預定時間；另外還要說明的是，「be + 不定詞」的結構有時可以拿來表達未來已安排好、約定好或計劃好的事，此句便是，又如：

(4) The mayor is *to preside* over the conference next Monday.
（市長將於下週一主持會議。）

帶有 over the conference 與 next Monday 兩個副詞修飾語的不定詞 *to preside*（本句的主詞補語），也是用來敘述未來已安排好、約定好或計劃好的事。

(5) To solve a problem is *to define* it, *(to) determine* the cause of it, *(to) find* a solution, and *(to) implement* the solution.
（解決問題得先認清問題、確定導因、找出解決方案，繼而執行這個解決方案。）

本句有四個不定詞 *to define*、*(to) determine*、*(to) find* 及 *(to)*

implement 做主詞補語，因為都由對等連接詞 and 連接，所以第二個不定詞開始，不定詞符號 *to* 皆能省略；此外，每個不定詞都帶有受詞，第二個不定詞的受詞 the cause 還帶了個形容詞片語 of it 修飾它，同學們都看出來了吧！

5.2.1.4 動名詞做主詞補語

如同不定詞，動名詞在句中除了當<u>名詞</u>用外，也能轉做<u>形容詞</u>用，所以在句子裡當然也能做主詞補語，這部分在第二章第 2.2 節（p. 27）已說明過，我們再舉幾個例子說明：

(1) Teaching is *learning*.
（教學相長。）

(2) Her hobby is *singing and dancing*.
（她的嗜好是唱歌、跳舞。）

(3) His goal was *winning* a gold medal.
（他的目標是贏得一面金牌。）

帶有受詞的動名詞片語 *winning* a gold medal 在本句即為主詞補語。

(4) Boasting is *showing* ignorance and arrogance.
（自誇顯示的是無知與傲慢）

本句做主詞補語的動名詞 *showing* 也帶了受詞 ignorance and arrogance。

(5) The only thing on her mind was *going* to one of the top universities.
（她唯一關心的事就是要進入頂大就讀。）

擔任主詞補語的動名詞為 *going*，它帶了一個地方副詞 to one of the top universities 來修飾它，而這個地方副詞又包含

了一個形容詞片語 of the top universities，就修飾它前面的不定代名詞 one；這些雖屬細節，分析時一定要逐一到位，熟練了後，將來碰到長句就不足懼了。

5.2.1.5 現在分詞做主詞補語

我們在第三章第一節（p.86）就已經說明過，現在分詞除了用在時態裡的進行式外，最大的功能就是轉做形容詞用了，所以，在句子裡自然能做主詞補語，如：

(1) The lecture is *boring*.
（這場演講很乏味。）

(2) The book is *absorbing*.
（這本書很吸引人。）

(3) That story is *amusing*.
（那故事很有趣。）

(4) Her reply was *challenging*.
（她的回覆很具挑戰性。）

5.2.1.6 過去分詞做主詞補語

過去分詞除了用在時態裡的完成式及語態裡的被動式外（請參閱第 87 頁及 88 頁的第三章第 2.2 節與第 2.3 節），如同現在分詞，過去分詞也常拿來當形容詞用，因此，在句子裡當然也能做主詞補語，如：

(1) The travelers were *tired*.
（這些旅人累了。）

(2) She is *disappointed* at the result.
（她對這結果感到失望。）

帶有副詞修飾語 at the result 的過去分詞 *disappointed* 在本句即為主詞補語。

(3) He was very *pleased* with his new job.
（他對他的新工作很滿意。）

帶有副詞修飾語 very 及 with his new job 的過去分詞 *pleased*，在句子裡就是當主詞補語。

(4) I have been *worried* about his coughing so much.
（我對於他最近咳得厲害感到憂慮。）

過去分詞 *worried* 為本句的主詞補語；這裡還要特別留意它的副詞修飾語 about his coughing so much，在這個片語裡，介系詞 about 的受詞是動名詞 coughing，所有格 his 是它（coughing）意義上的主詞，而程度副詞 so much 當然也是它的修飾語，如果還不明白，莫慌，趕緊回到第二章動狀詞的動名詞部分再稍為複習一下，應該就不成問題了。

5.2.1.7 形容詞片語做主詞補語

除了單字形容詞外，「介系詞 + 受詞」形成的形容詞片語（請參閱第 17 頁的第一章第 3 節）自然也能在句子裡做主詞補語，如：

(1) The theory is *of use*.
（這個理論有用。）

「介系詞 + 受詞」形成的形容詞片語 *of use* 就是當主詞補語，用來補充說明主詞；其實，*of use* 就等於單字形容詞 *useful*，所以，此句也能改寫成：

The theory is *useful*.

看到這裡，有些同學可能心裡開始嘀咕，既然能用 *useful* 表示，為什麼要這麼麻煩用 *of use* 來表達呢？理由有二：首先，用形容詞片語可以增加文章或說話時的活潑性，讓你的表達方式有些變化，不是光用常見的單字形容詞而已；再來，使用「介系詞 + 受詞」形成的形容詞片語來表達時，我們可以在當受詞的名詞前加入別的形容詞，讓話說得更精準！就拿 *of use* 為例，我們可以在名詞 *use* 前加入形容詞 *much*，形成 *of much use*（大有用處）；也可加入 *some*，形成 *of some use*（有些用處）；也能加入 *little*，形成 *of little use*（沒多大用處）；自然也能加入 *no*，形成 *of no use*（毫無用處），來斬釘截鐵的向對方攤牌。這些，都是單字形容詞 *useful* 難以表達的，充其量，只能說到 *very useful*（很有用）或 *not useful*（沒有用），很難再進一步做更細膩的表達。所以，同學們一定要熟悉、並善用「介系詞 + 受詞」形成的形容詞片語！

(2) Health is *of more importance* than wealth.
（健康比財富重要多了。）

「介系詞 + 受詞」形成的形容詞片語 *of more importance* 當主詞補語，其後跟到簡化後的副詞子句 than wealth (is of importance)，修飾前面的比較級形容詞片語 *of more importance*。

(3) Her research on bilingual education was *of great value.*
（她對於雙語教育所做的研究有著極大的價值。）

這句話除了「介系詞 + 受詞」形成的形容詞片語 *of great value* 當主詞補語外，主詞 research 後面也有一個形容詞片語 on bilingual education，後位修飾前面的主詞，這個片語之首的介系詞「on」，其實就是介系詞「about」（關

於…；有關…）的意思，不過兩者使用的場合不同：
「about」用法較為一般、廣泛，只要想表達「關於…，
有關…」的概念，就可以使用「about」，如 pictures about
animals（有關動物的照片）、a talk about her family（關於她
家人的談話）、a discussion about the issue（關於這項議題的
討論）等等；而「on」則偏向較學術性或專業性的用法，
如 a book on animals（有關動物的書）、a lecture on economy
（有關經濟的演講），還有本句的 her research on bilingual
education（她對於雙語教育所做的研究）等等。

(4) The innovation is *of enormous significance* to technological advance.
（這項創新對於科技的進展有重大的意義。）

「介系詞 ＋ 受詞」形成的形容詞片語 *of enormous
significance* 做主詞補語，後面跟到的副詞片語 to
technological advance（對於科技的進展），則是用來修飾前
面的主詞補語，進一步說明是針對哪一方面具重大意義。

5.2.1.8 名詞片語做主詞補語

看完了前面幾節，可能有些同學心裡頭會想，這節應該輪到
形容詞子句做主詞補語了吧，因為形容詞系統（請參閱第 157
頁的第 5.2.1 節的註二）包含了形容詞子句啊，沒錯，形容詞
子句的確屬於形容詞系統，但它只有修飾的功能，是不能拿
來當主詞補語的，所以，接下來我們要討論的就是「疑問詞
＋ 不定詞」形成的名詞片語了（請參閱第 76 頁的第二章第 3.6
節）；如同形容詞系統，除了名詞單字外，名詞片語當然也能
在句子裡做主詞補語（第 157 頁的第 5.2.1 節已有說明），如：

(1) The question is *what to give her as a birthday gift.*
（問題是要送她什麼當生日禮物。）

「疑問詞 ＋ 不定詞」形成的名詞片語 *what to give her as a birthday gift* 在本句就是做主詞補語，用來補充說明主詞（The question）的內容是什麼；要特別注意的是，<u>疑問代名詞</u> *what* 除了具<u>疑問</u>詞性質外，還做<u>代名詞</u>，在名詞片語裡是做不定詞 *to give* 的直接受詞（間接受詞為 *her*；有關間接、直接受詞部分，我們留待第四句型再詳細講解），而介系詞片語 *as a birthday gift* 則為修飾不定詞 *to give* 的副詞修飾語。

(2) The point is *which to buy for his girlfriend.*
（重點是要幫他女朋友買哪一個。）

名詞片語 *which to buy for his girlfriend* 為主詞補語，<u>疑問代名詞</u> *which* 除了具<u>疑問</u>詞性質外，還做<u>代名詞</u>，在名詞片語裡做不定詞 *to buy* 的受詞，而介系詞片語 *for his girlfriend* 則是修飾不定詞 *to buy* 的副詞修飾語。

(3) The next step is *how to raise the money.*
（下一步是如何籌這筆錢。）

帶有受詞 *the money* 的名詞片語 *how to raise the money* 即為主詞補語；要留意的是，<u>疑問副詞</u> *how* 除了具<u>疑問</u>詞性質外，還有<u>副詞</u>的功能（表「方法、手段」），在片語裡是修飾不定詞片語 *to raise the money* 的。

(4) The problem is *where to find such leaders.*
（問題是到哪裡去找這樣的領導者。）

帶有受詞 *such leaders* 的名詞片語 *where to find such leaders* 在本

句就是當主詞補語；而疑問副詞 *where* 除了具疑問詞性質外，還有副詞的功能（表「地方」），在片語裡是修飾不定詞片語 *to find such leaders* 的。

(5) The key to the whole problem is *whether to tell him the truth.*
（整個問題的關鍵在於是否要告訴他實情。）

帶有間接受詞 *him* 及直接受詞 *the truth* 的名詞片語 *whether to tell him the truth*，在句子裡就是當主詞補語，用來進一步補充說明主詞（The key）的內容為何；因為 whether 為純連接詞，所以，它在名詞片語裡只有單純表達「是否」的含義，並沒有兼具其它角色。另外直得一提的是，主詞 The key 後面也帶有一個後位修飾的形容詞片語 to the whole problem，要注意的是，要表達「...的鑰匙；...的關鍵或祕訣」時，跟名詞「key」搭配的介系詞是「to」，而不是常見的「of」，如 the key to the gate（大門的鑰匙）、the key to success（成功的關鍵）、the key to longevity（長壽的祕訣），以及本句的 The key to the whole problem（整個問題的關鍵）等等。

5.2.1.9 名詞子句做主詞補語

如果名詞單字、名詞片語都不夠用，名詞子句自然可以派上用場，在句子裡做主詞補語（請參閱第 157 頁的第 5.2.1 節說明），如：

(1) The trouble is *that we are running out of time.*
（麻煩的是我們快沒時間了。）

從屬連接詞 that 引導的名詞子句 *that we are running out of time* 在本句就是當主詞補語，補充說明了主詞（The trouble）的內涵。

(2) The most important thing is *whether she is honest (or not)*.
（最重要的是她是否誠實。）

來自疑問句「Is she honest?」的名詞子句 *whether she is honest (or not)*，在句子裡就是當主詞補語；*whether* 後面的 *or not* 可有可無，意思不變。

(3) The question is *what we are going to do*.
（問題是我們要怎麼辦。）

來自問句「What are we going to do?」的名詞子句 *what we are going to do*，在句子裡就是擔任主詞補語的角色，這裡要特別留意原問句與轉換成名詞子句後，這兩者間字序的不同處。原問句是獨立的句子，因為句子裡帶有 be 動詞「are」，所以當然要把 be 動詞「are」調到主詞前才能形成問句；而名詞子句並不是獨立的句子，是附屬在句子裡的子句，做名詞用，其字序與一般敘述句相同，所以 be 動詞「are」得跟在主詞後面，下列例句亦如是，同學們可順便仔細觀察。另外，疑問詞 *what* 除了可兼連接詞引導名詞子句外，由於它是疑問代名詞，它在子句裡還得有代名詞的功能（也就是在子句裡還得擔任主詞、補語、或受詞等），在這個子句裡，*what* 即為動詞片語 *are going to do* 的受詞。

(4) The next step is *who(m) you should turn to for help*.
（下一步是你應該找誰幫忙。）

來自問句「Who should you turn to for help?」的名詞子句 *who(m) you should turn to for help*，在句子裡就是當主詞補語；疑問代名詞 *who(m)* 除兼連接詞引導名詞子句外，它在子句裡還是動詞片語 *turn to* 的受詞，因為做受詞，按理應用受

格 whom，不過，在沒那麼正式的場合，一般用 who 即可（第 77 頁的第二章第 3.6.2 節例(1)已有說明）。

(5) The crucial point was *which of the two men she would marry.*
（極為重要的一點是她要嫁給這兩個男人中的哪一個。）

來自問句「Which of the two men would she marry?」的名詞子句 *which of the two men she would marry*，在本句即為主詞補語，其中，帶有形容詞片語 *of the two men* 的疑問<u>代名詞</u> *which*，除兼連接詞引導名詞子句外，還是動詞片語 *would marry* 的受詞。

(6) The following decision is *when we are leaving.*
（再來的決定是我們何時出發。）

來自問句「When are we leaving?」的名詞子句 *when we are leaving* 即為主詞補語；疑問詞 *when* 除了兼連接詞引導名詞子句外，由於它是疑問<u>副詞</u>，它在<u>子句</u>裡還得有副詞的功能（也就是在子句裡還得擔任副詞修飾語的角色），在這個子句裡，*when* 即為修飾為動詞片語 *are leaving* 的時間副詞（「何時」出發）。

(7) The problem is *where we should stay for the night in the middle of nowhere.*
（麻煩的是在這荒蕪人煙之處，我們要在哪兒過夜呢。）

來自問句「Where should we stay for the night in the middle of nowhere?」的名詞子句 *where we should stay for the night in the middle of nowhere*，在本句就是做主詞補語；疑問<u>副詞</u> *where* 除兼連接詞引導名詞子句外，它在子句裡還是修飾動詞片語 *should stay* 的地方副詞（「在哪兒」過夜）。另外，同學們想必都已看出來，子句裡還有兩個修飾動詞片語的副詞

片語，分別爲時間副詞 *for the night* 及地方副詞 *in the middle of nowhere*，而地方副詞尚包含了一個形容詞片語 *of nowhere*，就修飾它前面的名詞 *middle*，這些修飾語一定要分析透徹，才能看懂句子，別忘了我們再三提醒的，研究句型，分析修飾語的功夫不可少。

(8) This is *why she is absent again*.

（這就是她爲何再度缺席的理由。）

來自問句「Why is she absent again?」的名詞子句 *why she is absent again* 即爲主詞補語；疑問<u>副詞</u> *why* 除兼連接詞引導名詞子句外，它在子句裡還是修飾動詞的副詞修飾語（表「原因、理由」）。

(9) The question is *how we are going to use the cash coupons*.

（問題是我們要如何使用這些現金禮券。）

來自問句「How are we going to use the cash coupons?」的名詞子句 *how we are going to use the cash coupons* 在本句就是當主詞補語；疑問<u>副詞</u> *how* 除兼連接詞引導名詞子句外，它在子句裡還修飾動詞片語 *are going to use*（表「方法、手段」）。

5.2.1.10 副詞做主詞補語

照道理，副詞是不能拿來說明做主詞的名詞系統的（副詞功能請參閱第 17 頁的第一章第 3 節說明），不過，語言也沒那麼死板，當我們找不到形容詞來說明我們想表達的觀念，而恰好有這樣的副詞；或用副詞來表示要遠比形容詞方便時，是可以用副詞來當主詞補語的，如：

(1) I am *in*.

（算我一份；即我願參與其中之意。）

(2) They are *out*.

（他們不在家；亦或，他們出局了。）

(3) She is *away*.

（她離開了。）

(4) The lights are *on*.

（燈開著。）

(5) Is Tom *off* today?

（Tom 今天放假嗎？）

(6) The moon is not *up*.

（月亮還沒升起。）

(7) The sun is already *down*.

（太陽已經落下了。）

(8) The exams were *over*.

（考完試了。）

(9) Will your parents be *at home* tomorrow?

（你爸媽明天在家嗎？）

像本句用「介系詞 + 受詞」形成的<u>地方副詞</u> *at home* 做主詞補語，來補充說明主詞的位置，這在英文裡是很常見的。又如：

(10) They were *on vacation* in a fishing village.

（他們在一個漁村度假。）

本句也是用「介系詞 + 受詞」形成的<u>時間副詞</u> *on vacation* 做主詞補語，來補充說明主詞當時是「正在度假中」；此外，我們又在句尾添加了一個也是用「介系詞 + 受詞」

形成的地方副詞 in a fishing village，修飾整個動詞部分（即動詞加補語），如此，就可以清楚地表示主詞是在何處度假了。

5.2.2 常用的第二句型動詞

介紹完主詞補語後，接下來要討論的是適用本句型的動詞部分。除了 be 動詞外，還有些常見的不完全、不及物動詞，分述如後（補語的部分，就請同學們自行細心觀察，不再贅述）：

5.2.2.1 表示「維持或處於某種狀態；繼續某種動作」的動詞

我們舉 keep、remain、stay、sit、stand、lie 等動詞為例：

(1) The baby kept *crying*.
（這嬰孩一直哭著。）

(2) Tom remained a *bachelor*.
（Tom 依然是個單身漢。）

(3) Stay *calm*, please.
（請保持冷靜。）

(4) Father sat *reading* the newspaper in the living room.
（父親坐在客廳看報。）

動詞 sit 可用在本句型，說明主詞「坐著」的同時，正在「繼續的動作」，本句的動詞 sat 就是接帶有受詞 the newspaper 的現在分詞片語 *reading* the newspaper，做主詞補語。另外，我們在句尾加了一個地方副詞 in the living room，修飾動詞 sat，讓句意更清晰。

(5) The window <u>stood</u> *open.*

（窗戶開著的。）

雖說不再贅述主詞補語部分，但怕同學們誤解，句裡的 *open* 可不是動詞，這字能當形容詞用，表「開著的，打開的」，在這裡就是當主詞補語，補充說明主詞「維持某種狀態」。

(6) The man <u>stood</u> there *staring* at me.

（這男人站在那裡瞪著我看。）

動詞 stand 除了可以表示「狀態的維持」，如例(5)，也能用來表示主詞「站立」的同時，正在「進行某種動作」，本句就是此用法，在動詞 <u>stood</u> 後面，接了現在分詞片語 *staring* at me，做主詞補語。當然，為了讓句意更明朗，我們還放了一個地方副詞 there，修飾動詞，進一步說明主詞站立的位置。

(7) The cottage <u>lay</u> *empty* for a long time.

（這小屋閒置了好一段時日了。）

我們在句尾添加了一個時間副詞 for a long time，修飾動詞 <u>lay</u>。

(8) The dog often <u>lies</u> *still* on the porch on drowsy summer afternoons.

（這條狗常在昏昏欲睡的夏日午後躺在門廊上，動也不動。）

本句的主詞補語 *still* 可不是表「仍然」的副詞，而是表「靜止的，不動的」形容詞，在這個句子裡就是當主詞補語。動詞的部分，動詞 lie 除了可以表示「狀況的維持」（如上例），也能用來表示主詞「躺，臥」的同時，某

「狀態的持續」，本句動詞 lies 後接形容詞 *still* 做主詞補語，正是此種用法。另外，爲了讓描述更生動，除了頻率副詞 often 外，我們在句末還加上地方副詞 on the porch 及時間副詞 on drowsy summer afternoons，共同修飾動詞 lies。

5.2.2.2 主詞補語表示的狀態或動作與句中動詞「同時發生」的動詞

我們舉 come、go、run、die 等動詞爲例：

(1) The dog <u>came</u> *running* toward me.
　　（這隻狗朝我飛奔而來。）

即主詞「來」的同時，是「跑」過來的。副詞片語 toward me 則是修飾做主詞補語的現在分詞 *running*，說明主詞跑過來的方向。

(2) She <u>came</u> home *exhausted* after work.
　　（她下班返家時已筋疲力倦。）

轉做形容詞用的過去分詞 *exhausted* 在句中就是當主詞補語，說明主詞「返家」的同時已「筋疲力倦」了。動詞 <u>came</u> 後面的 home 可當地方副詞，連同時間副詞片語 after work，都是修飾動詞 <u>came</u> 的。

(3) The boy <u>went</u> home *tired* and *hungry*.
　　（這男孩回家時又餓又累。）

用對等連接詞 and 連接兩個形容詞 *tired* 與 *hungry* 做主詞補語，說明主詞「回家」的同時是「又餓又累」的。同上句，動詞 <u>went</u> 後面的 home 也是當地方副詞，修飾動詞 <u>went</u>。另外，中文講「又餓又累」，英文可得說「tired and hungry」，與中文字序剛好相反，爲甚麼呢？

忘記的同學可以回頭再看一下第 2 節例(10)的「注意」部
分（p. 148），自然就清楚啦！

(4) The aborigines <u>went</u> *naked*.
（這些土著赤身裸露。）

(5) The river <u>is running</u> *clear*.
（這條河流著清晰的水。）

(6) Public indignation <u>was running</u> *high*.
（公憤持續高漲著。）

(7) She <u>died</u> *young*.
（她英年早逝。）

(8) He <u>died</u> *a beggar*.
（他死時身無分文。）

5.2.2.3 與 be 動詞相比，「過猶不及」的動詞

也就是說，這些動詞跟 be 動詞作用相當，但力道不同。一般
來說，如果對所敘述的事情非常肯定，我們直接用 be 動詞表
事實即可，如果是經查證屬實，也就是肯定的力道「過」於
be 動詞了，我們可以用動詞 prove（證明為；結果為）或動詞
片語 turn out（判明為；竟然為）來表示；如果沒 be 動詞那般
確定，也就是肯定的力道「不及」be 動詞，我們可以用動詞
seem（似乎；看似）、appear（顯得；好像）表之，如：

(1) The news <u>proved</u> *(to be) fake*.
（這則新聞證明為假。）

不定詞 *to be* 可省略，直接把形容詞 *fake* 當主詞補語即可。

(2) Tom <u>turned out</u> *(to be) a liar.*
（Tom 竟然是個騙子。）

同上句，不定詞 *to be* 能省略，可以直接把名詞 *a liar* 當做主詞補語。

(3) She <u>seems</u> *(to be) very happy.*
（她似乎很快樂。）

同例(1)，不定詞 *to be* 也能省略，可直接把形容詞 *happy* 當做主詞補語。

(4) He <u>appears</u> *to have a lot of friends at school.*
（他在學校好像有很多朋友。）

帶有受詞 *a lot of friends* 及地方副詞 *at school* 的不定詞片語 *to have a lot of friends at school* 做主詞補語。當然，如果對所講的事情非常肯定，我們直接用現在式來敘述便可，如下句。

He has a lot of friends at school.
（他在學校有很多朋友。）

5.2.2.4 表「狀態改變」的動詞

也就是主詞從原來的狀態轉變成另一種（主詞補語）的狀態了。這類動詞為數頗多，我們可通稱為「變成」動詞，就舉常見的 turn、become、fall、get、grow、come、go、run、make 為例：

(1) She <u>turned</u> *pale at the sight of the car accident.*
（看到車禍景象，她臉色變得蒼白。）

我們在句末添加了一個帶有形容詞片語 of the car accident 的時間副詞 at the sight of the car accident，修飾動詞 <u>turned</u>，說明主詞是何時臉色變蒼白的。

(2) He <u>became</u> a *teacher*.
（他成爲老師。）

(3) Tom <u>fell</u> *asleep* in class.
（Tom 上課時睡著了。）

句尾的時間副詞 in class 修飾動詞 <u>fell</u>，說明主詞睡著的時間。

(4) It <u>is getting</u> *dark*.
（天色越來越黑了。）

「變成」動詞用在進行式時，有表「越來越...」的含義。

(5) The fog <u>grew</u> *thicker*.
（霧氣愈來愈濃了。）

「變成」動詞後接比較級形容詞做主詞補語時，也有表「愈來愈...」之義。

(6) Her dreams <u>came</u> *true* in the long run.
（她的夢想終於成眞了。）

時間副詞 in the long run（終於；到後來）修飾動詞 <u>came</u>，說明主詞 Her dreams 何時成眞了。

(7) The milk <u>has gone</u> *sour*.
（牛奶已經變酸了。）

動詞 go 當「變成」動詞用時，通常都用在變成「不好的」狀態，又如：

(8) She <u>went</u> *red* in embarrassment.
（她困窘得臉紅了。）

情態副詞片語 in embarrassment 修飾動詞 <u>went</u>，說明主詞臉紅時的狀態。

(9) Water started <u>to run</u> *short*.
（水開始短缺了；抑或，開始缺水了。）

本句動詞 started 先接不定詞 <u>to run</u> 做受詞，再接形容詞 *short*（短缺的，不足的）做補語。此外，動詞 run 當「變成」動詞用時，如同「變成」動詞 go，通常也都是用在狀況變成「不好的」時候，再舉一例：

(10) The pond <u>has run</u> *dry*.
（這池塘已經乾涸了。）

(11) This movie <u>will make</u> a *blockbuster*.
（這部電影會成為強檔巨片。）

5.2.2.5 感官動詞

我們舉常見的 look（看起來）、sound（聽起來）、smell（聞起來）、taste（嘗起來）及 feel（摸起來；感覺）為例：

(1) The teacher <u>looked</u> *angry*.
（老師看起來很生氣。）

感官動詞 <u>looked</u> 後面接形容詞 *angry* 當主詞補語，說明主詞當時看起來的樣子。同學們請再看下一句：

The teacher <u>looked</u> angrily.

（老師生氣地看著。）

此句跟在動詞 <u>looked</u> 後面的不是形容詞 angry，而是情態副詞 angrily。這句話可一點兒都沒錯，這裡的動詞 <u>looked</u> 可不是用在本句型的<u>不完全</u>、<u>不及物動詞</u>，而是用在第一句型的<u>完全</u>、<u>不及物動詞</u>，表「看，望」之意，其後的副詞 angrily 是它的修飾語，可有可無，如果意猶未盡，我們還可以再加修飾語，將此句擴充為：

The teacher <u>looked</u> angrily at Tom.

（老師生氣地看著 Tom。）

加入另一個副詞片語 at Tom，同時修飾動詞 <u>looked</u>，就能進一步說清楚主詞是生氣地朝哪裡看了。所以，同學們在學習句型時，切不可死板，不能在某個句型裡見過某個動詞，就認定它永遠是該句型專用的動詞，這觀念我們在第 5 節（p. 152）已有說明，其實，遇不明瞭，只要勤快些，多查字典，自然就不會出錯了。

(2) Tom <u>looks</u> *like a fool.*

（Tom 看起來像個傻瓜。）

動詞 look 做感官動詞用時，一般不直接加名詞做補語，如句意所需，非用名詞表示，可以先接介系詞 like（像...，似...），再接名詞做受詞，形成「介系詞 + 受詞」的模式，如此一來，這個「介系詞 + 受詞」形成的<u>形容詞片語</u>就可以順理成章地擔任主詞補語了，如本句的 *like a fool* 便是。不過，在傳統的英式英語裡（有別於美式英語），也見過直接加名詞做補語的，如下句，供同學們參考：

　　　　　　　第四章、句型結構

(3) Tom <u>looks</u> *a fool.*
（Tom 看起來像個傻瓜。）

(4) Your idea <u>sounds</u> *good.*
（你的點子聽起來不錯。）

(5) The bang of the firecracker <u>sounded</u> *like a gun shot.*
（鞭炮的巨大響聲聽起來像是槍聲。）

如同感官動詞 look，動詞 sound 做感官動詞用時，一般也不直接加名詞做補語，也是先接介系詞 like（像…，似…），再接名詞做受詞，此一「介系詞＋受詞」形成的<u>形容詞</u>片語就可以擔任主詞補語了，如句中的 *like a gun shot* 即是。另外，我們在主詞 The bang 後面也加了一個也是由「介系詞＋受詞」形成的<u>形容詞</u>片語 of the firecracker，從後修飾其前的主詞。

(6) Durians <u>smell</u> very *strong.*
（榴蓮聞起來氣味非常強烈。）

(7) The bark of this pine <u>smells</u> *of a rose.*
（這顆松樹的樹皮聞起來有玫瑰的香味。）

動詞 smell 做感官動詞用時，一般也不直接加名詞做補語，若句意所需，必須用名詞表達時，則可先接介系詞 of，再接名詞做受詞，這個「介系詞＋受詞」形成的<u>形容詞</u>片語就可以在句中做主詞補語了，如本句的 *of a rose* 就是。此外，為了進一步說清楚主詞 The bark，我們也用了一個「介系詞＋受詞」形成的<u>形容詞</u>片語 of this pine，後位修飾前面的主詞。

(8) The coffee <u>tastes</u> a bit *sour*.

（這咖啡嘗起來有點酸。）

添加程度副詞 a bit（稍微，有點兒），修飾當主詞補語的形容詞 *sour*，句意就更明確了。

(9) The soup <u>tastes</u> *of garlic*.

（這湯嘗起來有蒜頭味。）

動詞 taste 做感官動詞用時，一般也不直接加名詞做補語，也是先接介系詞 of，再接名詞做受詞，這個「介系詞 + 受詞」形成的<u>形容詞</u>片語便可擔任主詞補語，如句中的 *of garlic* 就是這種用法。

(10) The material of this dress <u>feels</u> *soft*.

（這件洋裝的料子摸起來柔軟。）

我們在主詞 The material 後面加了一個由「介系詞 + 受詞」所形成的<u>形容詞</u>片語 of this dress，後位修飾前面的主詞，如此，就知道是哪一種料子了。

(11) I <u>felt</u> deeply *sorry* for him.

（我為他深感難過。）

為了讓句意更生動，先加副詞 deeply（深深地，非常地），修飾當主詞補語的形容詞 *sorry*，再添加副詞片語 for him，就可以清楚表示是為誰感到難過了。

5.2.3 動詞口訣

上面提到的這些動詞數量並不多，應該不難記，如果一時記不住，沒關係，這兒有個極短的口訣，倒是可以幫同學們把絕大

部分的上述動詞記下來。當然啦，如果覺得這個方法太過卑鄙，不夠光明，就略過此節囉！（我倒覺得識時務者為俊傑，先記先贏啦），這個口訣就是：「是正在變出聲、貌、氣、味，覺得長相來站。」分述如後：

「是」：be 動詞（是），seem（似乎是），remain（依然是），如：

(1) This is my *bicycle*.
   （這是我的腳踏車。）

(2) He seemed *(to be)* very *sad*.
   （他似乎很悲傷。）

   不定詞 *to be* 可省略，直接把形容詞 *sad* 當主詞補語即可。

(3) She remained an unmarried *mother*.
   （她依然是位未婚媽媽。）

「正」：其實，我們是取與「正」同音的「證」來記住 prove（證明為）這個字，如：

(4) Your suggestion proved *helpful*.
   （你的建議的確有助益。）

「在」：keep（保持在），還有 stay（維持在），如：

(5) Please keep *quiet*.
   （請保持安靜。）

(6) He stayed *awake* all night.
   （他徹夜保持醒；即他徹夜未眠。）

   句尾的 all night 可視為修飾動詞 stayed 的時間副詞。

「變」成：也就是我們在第 5.2.2.4 節裡（p. 176）提到的「變成」動詞，如 become、turn、make、turn out 等，我們再分別舉例如下：

(7) The smell <u>became</u> *stronger*.
  （這味道越來越濃了。）

  「變成」動詞後接比較級形容詞做主詞補語時，也有表「越來越...」之義。

(8) The soup <u>turned</u> *cold*.
  （這湯冷掉了。）

(9) She <u>will make</u> a good *wife*.
  （她會成為賢妻良母。）

(10) Your anxiety <u>turned out</u> (*to be*) *groundless*.
  （你的焦慮結果是多餘的。）

  不定詞 *to be* 可省略，直接把形容詞 *groundless* 當主詞補語即可。

「出」去：go。當然，我們只是用這個字最常見的意思來記它，事實上，動詞 go 用在本句型時，是用來說明它與主詞補語表示的狀態或動作是「同時發生」的（請參閱第 174 頁的第 5.2.2.2 節）；此外，它也能當「變成」動詞用（p. 176）。分別再次舉例如下：

(11) Tom <u>went</u> home *penniless*.
  （Tom 返家時身無分文。）

  動詞 <u>went</u> 後面的 home 是當地方副詞，修飾動詞 <u>went</u>。

(12) The firm <u>has gone</u> *bankrupt*.

（這家公司已經破產了。）

「聲」：sound（聽起來），如：

(13) It <u>sounds</u> *great*.

（這聽起來很棒。）

「貌」：look（看起來），如：

(14) He <u>looks</u> *worried*.

（他看起來憂心忡忡。）

「氣」味：smell（聞起來），如：

(15) The followers <u>smell</u> *fragrant*.

（這些花聞起來氣味芬芳。）

「味」道：taste（嘗起來），如：

(16) The chicken <u>tastes</u> very *spicy*.

（這雞嘗起來挺辣的。）

感「覺」：feel；還要再記一個跟它長得很像的動詞 fall，當然啦，動詞 fall 用在本句型是當「變成」動詞用（p. 176）。分別舉例如下：

(17) People <u>feel</u> *safer* in well-lit streets.

（人們在照明充足的街道上會覺得安全些。）

(18) She <u>has fallen</u> *silent*.

（她已沉默不語。）

「得」到：get。這邊，我們也是用此字最常見的意思來記它，實際上，動詞 get 用在本句型時，也是當「變

成」動詞用的（p. 176），如：

(19) He <u>has got</u> *suspicious*.

（他已起了疑心。）

成「長」：grow。同上述，我們也是用此字最常見的意思來記
它，當然，動詞 grow 用在本句型時，也是當「變
成」動詞用的（p. 176），如：

(20) The crowd <u>grew</u> *impatient*.

（群眾變得不奈煩了。）

外「相」：appear。記這字得稍微聯想一下：動詞 appear 的名詞
為 appearance，有「外表，外觀，相貌」之意，為方
便起見，我們就以「外相」一詞概括，再回推動
詞，便是 appear 了。其實，動詞 appear 用在本句型
是表「顯得；好像」之意（請參閱第 175 頁的第
5.2.2.3 節），如：

(21) The speaker <u>appears</u> quite *confident*.

（這位演說者顯得自信十足。）

「來」：come。我們也是用此字最常見的意思來記它，當然
啦，動詞 come 用在本句型時，是當「變成」動詞用的
（p. 176），如：

(22) The sticky note <u>came</u> *unstuck*.

（這張便利貼剝落了。）

「站」：stand。這兒也要先請同學們再發揮一點聯想力，那就
是：當累了時，「站」著就想「坐」（sit），坐了就想
「躺」（lie）。也就是把 stand、sit、lie 這三個動詞一塊
兒記下來。當然，這三個動詞用在本句型時，都是表

185

示「維持或處於某種狀態；繼續某種動作」的動詞（請參閱第 172 頁的第 5.2.2.1 節）。我們再分別舉例如下：

(23) His real intentions now <u>stand</u> *revealed*.
（他真正的意圖已昭然若揭。）

(24) We <u>sat</u> by the fireplace *chatting*.
（我們坐在壁爐旁閒聊著。）

介系詞片語 by the fireplace 為修飾動詞 <u>sat</u> 的地方副詞。

(25) The machine <u>lay</u> *idle* for years.
（這機器已閒置多年未用了。）

句末的介系詞片語 for years 可視為修飾動詞 <u>lay</u> 的時間副詞。

5.3 第三句型（S + V + O）

會用在第三句型的動詞都是<u>完全</u>、<u>及物</u>動詞，因為完全，不須要補語，因為及物，得接受詞，也就是說，除了主詞、動詞外，還得有受詞，這句子才完整。用在本句型的動詞為數眾多，翻開字典，比比皆是，因此，我們把重點放在受詞的部分，分述如後：

5.3.1 名詞或代名詞做受詞

(1) Tom keeps a *dog* as a pet.
（Tom 養了一隻狗當寵物。）

副詞片語 as a pet 修飾動詞 keeps，說明了這隻狗的角色。

(2) Anne speaks *English* very well.
（Anne 講得一口好英文。）

在句尾加了程度副詞 very well，修飾動詞 speaks。

(3) She often carries a *parasol* with her in summer.
（她在夏天常隨身帶把陽傘。）

頻率副詞 often、副詞片語 with her，以及時間副詞 in summer，共同修飾動詞 carries。

(4) The topic interests *me* a lot.
（這話題讓我感到十分有趣。）

在句末添加程度副詞 a lot，修飾動詞 interests。

5.3.2 「定冠詞 + 形容詞」做受詞

「定冠詞 + 形容詞」可用來指稱具有該形容詞性質的所有對象，屬「總稱」用法（如果不小心忘了什麼叫「總稱」，可以回頭看一下第13頁的第一章第2.1節例(2)的說明），所以，能充當名詞，大多當複數，只有極少數當單數來使用。既然「定冠詞 + 形容詞」可當名詞，自然就能在句子裡做受詞了（請參閱第 157 頁的第 5.2.1 節之註一），如：

(1) The rich should not despise *the poor*.
（富人不該瞧不起窮人。）

「定冠詞 + 形容詞」*the poor* 泛指窮人，做動詞 should not despise 的受詞。此外，同學們有沒有察覺，主詞 The rich 也是同樣用法，用來指稱普天之下的富人。

187

(2) The brave deserve *the fair*.

（勇者方能配佳人。）

本句的主詞 The brave 與動詞 deserve 的受詞 *the fair*，也都是用「定冠詞 + 形容詞」的方式來表示。

(3) The charity helps *the homeless*.

（這家慈善機構幫助無家可歸之人。）

(4) The nurse was consoling *the sick*.

（護士正在安撫病人。）

(5) They buried *the dead* and evacuated *the wounded*.

（他們埋葬了死者，撤離傷者。）

句中由對等連接詞 and 連接的第一個動詞 buried 接了「定冠詞 + 形容詞」*the dead* 做受詞，第二個動詞 evacuated 則接 *the wounded* 做受詞；現在，請同學們再看一眼這第二個「定冠詞 + 形容詞」*the wounded*，嚴格說起來，它應該是「定冠詞 + 過去分詞（*wounded*）」，不過，因為分詞能轉做形容詞用，所以，*the wounded* 自然可以充當名詞，在這裡做受詞了。

(6) They mourned *the deceased* and comforted *the living* after the war.

（他們在戰後哀悼死者，撫慰生者。）

同上句，本句由對等連接詞 and 連接的第一個動詞 mourned 接了「定冠詞 + 過去分詞」*the deceased* 做受詞，第二個動詞 comforted 則接「定冠詞 + 現在分詞」*the living* 做受詞；句末的時間副詞 after the war 則是用來修飾本句的兩個動詞 mourned 及 comforted 的。另外必須提一下，「定冠詞 + 過去分詞」the deceased 用來表「死者，已故者」時，這個片

語既可當複數（如本句），也能做單數用，如下句：

(7) *The deceased* was a highly respected scholar.
（死者是位備受尊重的學者。）

5.3.3 不定詞做受詞

不定詞可充當名詞用，自然可以在句子裡做動詞的受詞，這部分我們在第二章第 3.1.3 節裡（p. 48）已有充分說明，我們再舉幾個例子來複習一下：

(1) Tom promised *to study hard.*
（Tom 答應會用功讀書。）

　　帶有副詞修飾語 *hard* 的不定詞片語 *to study hard*，做動詞 promised 的受詞。

(2) The baby tried *to get the toy.*
（這嬰孩試著要拿玩具。）

　　本身帶有受詞 *the toy* 的不定詞片語 *to get the toy*，做動詞 tried 的受詞。

(3) Her parents could not afford *to send her to university.*
　（她父母親無法送她進大學；即沒有足夠財力供她唸大學。）

　　本身帶有受詞 *her* 與副詞修飾語 *to university* 的不定詞片語 *to send her to university*，做動詞片語 could not afford 的受詞。

(4) He pretended *to have known me since my childhood.*
（他假裝從我孩提時代就認得我。）

本身帶有受詞 *me* 與副詞修飾語 *since my childhood* 的不定詞片語 *to have known me since my childhood*，做動詞 pretended 的受詞。另外，同學們有沒有注意到這個不定詞片語是個<u>完成式</u>，當我們要強調不定詞這個動作或狀態發生的時間，<u>要早於</u>句子/子句的<u>動詞</u>發生的時間時，就必須用完成式來表示（請參閱第 64 頁的第二章第 3.3.2 節例(3)的說明）。就本句而言，因為主詞假裝從孩提時代就認得我（已發生），不是假裝的當下才認得我，所以這個不定詞當然要用完成式來表示囉！

附註：<u>動名詞</u>也可以當名詞用，也能在句中做動詞的受詞，那麼，到底哪些動詞是接動名詞做受詞，而哪些動詞是接不定詞做受詞呢？一般來說，大部分動詞都能接不定詞做受詞，僅有少數特定的動詞或動詞片語接動名詞做受詞，所以，我們只要記住哪些動詞是接動名詞做受詞，其餘的就是接不定詞做受詞的了。那麼，到底有哪些動詞只能接動名詞做受詞呢？且聽下節分解！

5.3.4 動名詞做受詞（口訣）

接動名詞做受詞的動詞有哪些呢？非常好記，同學們只要把下面的口訣記下來，常用的接動名詞做受詞的動詞大都囊括在內了，這口訣就是：「避免感成惡習，享受保健否，嚴戒冒失考量，忍住突停，及期論了。」什麼意思？莫急，且聽我一一道來：

「避」開：avoid，如：

(1) We should <u>avoid</u> eating junk food.
（我們應避免吃垃圾食物。）

帶有受詞 *junk food* 的動名詞片語 *eating junk food*，在句中就是做動詞片語 should <u>avoid</u> 的受詞。

「免」於：escape（逃脫；躲避）；既然能逃脫或躲避，自然能「免」於災禍囉！同學們在記口訣時得發揮點聯想力，如：

(2) The cunning student <u>escaped</u> *being punished.*
（這狡猾的學生躲掉懲罰。）

動名詞的被動式 *being punished* 做動詞 <u>escaped</u> 的受詞。

「感」激：appreciate，如：

(3) I <u>appreciated</u> *your being patient with me.*
（我很感激你對我的耐心。）

整個動名詞片語 *your being patient with me* 做動詞 <u>appreciated</u> 的受詞；就此一動名詞片語而言，主角當然是動名詞 *being*，*your* 是動名詞 *being* 意義上的主詞，形容詞 *patient* 則是動名詞 *being* 的補語，而介系詞片語 *with me* 則是形容詞 *patient* 的副詞修飾語。同學們可藉此例句順便複習一下動名詞的相關用法，如果生疏了，建議先回頭再看看第二章第 2 節動名詞部分，再繼續往下看。

「成」：complete（完成），finish（結束，完成），如：

(4) She hasn't <u>completed</u> *doing her research.*
（她還沒完全做完她的研究。）

帶有受詞 *her research* 的動名詞片語 *doing her research*，在句中做動詞片語 hasn't <u>completed</u> 的受詞。

(5) Did you <u>finish</u> *reading the novel*?

（你看完那本小說了嗎？）

帶有受詞 *the novel* 的動名詞片語 *reading the novel*，在句中做動詞片語 Did...<u>finish</u> 的受詞。

「惡」：detest（憎恨，憎惡），resent（憎恨，憤恨），hate*（憎恨，厭惡），dislike*（討厭，不喜歡）；其中帶有符號「*」者也可接不定詞做受詞，意思不變，如：

(6) Tom <u>detests</u> *being interrupted while studying.*

（Tom 非常討厭在讀書時被打擾。）

帶有副詞修飾語 *while studying* 的被動式動名詞片語 *being interrupted while studying*，做動詞 <u>detests</u> 的受詞。同學們如果忘了 *while studying* 是如何形成的，莫慌，再回頭看看第三章第 3.2.3.1 節例(2)的說明（p. 129），自然就明瞭了。

(7) He <u>resented</u> *being treated as a stranger.*

（他憎恨被當陌生人對待。）

帶有副詞修飾語 *as a stranger* 的被動式動名詞片語 *being treated as a stranger*，做動詞 <u>resented</u> 的受詞。

(8) The children <u>hated</u> *moving (to move) to another house again.*

（孩子們極討厭又要搬家了。）

帶有地方副詞 *to another house* 及時間副詞 *again* 的動名詞（或不定詞）片語 *moving (to move) to another house again*，做動詞 <u>hated</u> 的受詞。

(9) Most people <u>dislike</u> *working (to work) on weekends.*
（大多數人不喜歡在週末工作。）

帶有時間副詞 *on weekends* 的動名詞（或不定詞）片語 *working (to work) on weekends*，做動詞 <u>dislike</u> 的受詞。不過，雖說動詞 <u>dislike</u> 也可接不定詞做受詞，這樣的用法卻較少見。

「習」：practice（練習）；還有與「習」音似的「許」，如 allow^（允許），permit^（准許）；其中帶有符號「^」者，後面直接加動狀詞做受詞時，接動名詞，如果先接了（代）名詞做受詞，再接動狀詞時，就得接不定詞，分別舉例說明如下：

(10) He often <u>practices</u> *playing the violin* on Thursday evenings.
（他常在週四晚間練習拉小提琴。）

帶有受詞 *the violin* 的動名詞片語 *playing the violin*，做動詞 <u>practices</u> 的受詞，句中的頻率副詞 often 及時間副詞 on Thursday evenings，都是修飾動詞 <u>practices</u> 的。

(11) She doesn't <u>allow</u> *smoking in her house.*
（她不允許在她家抽菸。）

帶有地方副詞 *in her house* 的動名詞片語 *smoking in her house*，做動詞片語 doesn't <u>allow</u> 的受詞。但是：

She doesn't <u>allow</u> people *to smoke in her house.*
（她不允許有人在她家抽菸。）

動詞片語 doesn't <u>allow</u> 先接了名詞 people 做受詞，後面就得接不定詞片語 *to smoke in her house* 了。

　　　　　　　　第四章、句型結構

(12) The spread of COVID-19 doesn't <u>permit</u> *my going abroad for further study.*

（新冠肺炎的蔓延不容許我出國進修。）

帶有意義上的主詞 *my*、地方副詞 *abroad*、及表目的之副詞修飾語 *for further study* 的動名詞片語 *my going abroad for further study*，做動詞片語 doesn't <u>permit</u> 的受詞。這句我們還能改寫成下句：

The spread of COVID -19 doesn't <u>permit</u> *me to go abroad for further study.*

（新冠肺炎的蔓延不容許我出國進修。）

動詞片語 doesn't <u>permit</u> 先接了代名詞 *me* 做受詞，後面就得接不定詞片語 *to go abroad for further study* 了。

「享」：enjoy（享受；欣賞）；還有與「享」音同的「想」，如 imagine^（想像），舉例如後：

(13) Tom <u>enjoys</u> *watching horror films.*
（Tom 非常喜歡看恐怖片。）

帶有受詞 *horror films* 的動名詞片語 *watching horror films*，做動詞 <u>enjoys</u> 的受詞。

(14) She can't <u>imagine</u> *moving to Taipei.*
（她無法想像搬到台北去；亦即，無法想像搬過去後會是什麼樣子。）

帶有地方副詞 *to Taipei* 的動名詞片語 *moving to Taipei*，做動詞片語 can't <u>imagine</u> 的受詞。但是：

She can't <u>imagine</u> herself *to move to Taipei.*

（她無法想像自己搬到台北去會是什麼樣子。）

動詞片語 can't imagine 先接了反身代名詞 herself 做受詞，後面就得接不定詞片語 *to move to Taipei* 了。

「受」：admit（承認；准許入場/入學/入會）；既是「准許入場/入學/入會」，自然有接「受」之意囉！，如：

(15) He <u>admitted</u> *having stolen the money.*

（他承認偷了這筆錢。）

帶有受詞 *the money* 的完成式動名詞片語 *having stolen the money*，做動詞 <u>admitted</u> 的受詞。有關動名詞的完成式部分，請參閱第二章第 2.3 節例(2)的說明（p. 28）。

「保」持：keep（保持）；還有與「保」音似的「包」，如 include（包含，包括），involve（包含；需要）；另外一個與「保」音似的「報」，如 report^（報告）等，分別舉例說明：

(16) She <u>keeps</u> *making the same mistake.*

（她不斷犯同樣的錯誤。）

其實，動詞 <u>keeps</u> 後面接的並非動名詞做受詞，而是帶有受詞 *the same mistake* 的現在分詞片語 *making the same mistake* 做主詞補語（請參閱第 172 頁的第 5.2.2.1 節例(1)），因為動詞 keep 後面太常接現在分詞做主詞補語了，我們就不厭其煩的把這字也收編於此，反正多記無傷嘛！

(17) The nanny's responsibilities <u>include</u> *feeding the baby in the night.*
（這位奶媽的職責包含了要在夜裡幫嬰兒餵奶。）

帶有受詞 *the baby* 及時間副詞 *in the night* 的動名詞片語 *feeding the baby in the night*，做動詞 <u>include</u> 的受詞。

(18) Caring for a baby <u>involves</u> *changing diapers* and *making special meals.*
（照顧嬰兒的工作包含了換尿片及準備特別的餐點。）

由對等連接詞 and 連接的兩個動名詞片語 *changing diapers*（帶有受詞 *diapers*）及 *making special meals*（帶有受詞 *special meals*），做動詞 <u>involves</u> 的受詞。此外，同學們有沒有注意到，本句的主詞也是一個帶有副詞修飾語 *for a baby* 的動名詞片語 Caring for a baby 呢？

(19) Quite a few witnesses <u>reported</u> *seeing the car accident.*
（好幾位目擊者報告目睹了這樁車禍。）

帶有受詞 *the car accident* 的動名詞片語 *seeing the car accident*，做動詞 <u>reported</u> 的受詞。不過：

The TV news <u>reported</u> the tornado *to have approached Alabama.*
（電視新聞報導該龍捲風已迫近阿拉巴馬州。）

動詞 <u>reported</u> 先接了受詞 the tornado，後面就得接不定詞片語 *to have approached Alabama* 了。有關不定詞的完成式部分，請參閱第二章第 3.3.2 節例(3)的說明（p. 64）。

「健」：事實上，我們要記的是與「健」音同的「建」，如 suggest（建議，提議），advise^（建議，忠告），recommend^（建議；推薦）；另外，再擴充與「議」音同的「意」，如 mean#（意義；意欲）；其中帶有符號「#」者也可接不定詞做受詞，不過其意與接動名詞

做受詞不同，分別舉例說明如下：

(20) To arrive in time, she <u>suggested</u> *going by plane.*
（為了及時抵達，她建議搭飛機前往。）

帶有副詞修飾語 *by plane* 的動名詞片語 *going by plane*，做動詞 <u>suggested</u> 的受詞。另外，不定詞片語 To arrive in time 為表「目的」的副詞修飾語，修飾本句的動詞 <u>suggested</u>，原來應該置於句末如下句：

(21) She <u>suggested</u> *going by plane* to arrive in time.

為了加強它的語氣，我們把它搬到句首，就成了例(20)了。

(22) I <u>advise</u> *starting at once.*
（我建議立刻出發。）

帶有副詞修飾語 *at once* 的動名詞片語 *starting at once*，做動詞 <u>advise</u> 的受詞。但是：

I <u>advise</u> you *to wait until tomorrow.*
（我奉勸你等到明天再說。）

動詞 <u>advise</u> 先接了代名詞 you 做受詞，後面就必須接不定詞片語 *to wait until tomorrow* 了。

(23) The doctor <u>recommended</u> *limiting the amount of sugar in her diet.*
（醫師建議在她的飲食中限制糖的攝取量。）

首先，帶有形容詞片語 *of sugar* 的名詞片語 *the amount of sugar*，做動名詞 *limiting* 的受詞；另外，句尾的介系詞片語 *in her diet* 則是修飾動名詞 *limiting* 的副詞修飾語，這整個動名詞片語 *limiting the amount of sugar in her diet*，就是做動詞

recommended 的受詞。同學們再看下一句：

Although the couple have nine children, they do not <u>recommend</u> others *to have families of their size.*
（雖然這對夫妻有九名子女，他們並不建議別人也像他們一樣組成有這麼多人口的家庭。）

動詞 <u>recommend</u> 先接了受詞 others，後面就得接不定詞片語 *to have families of their size* 了。

(24) Missing the bus <u>means</u> *having to wait for another hour.*
（錯過這班公車意味著必須再等一個小時。）

動詞 <u>means</u> 接了帶有時間副詞 *for another hour* 的動名詞片語 *having to wait for another hour* 做受詞，此時「mean」（接動名詞做受詞時）的意思為「意味；代表」，然而：

I didn't <u>mean</u> *to be rude.*
（我不是有意無禮的。）

動詞片語 didn't <u>mean</u> 接了不定詞片語 *to be rude* 做受詞，此時「mean」（接不定詞做受詞時）的含義為「意圖；打算」。這兩者間的差異，同學們一定要特別留意。

「否」認：deny，如：

(25) Tom <u>denied</u> *dating the girl.*
（Tom 否認跟這女孩約過會。）

帶有受詞 *the girl* 的動名詞片語 *dating the girl*，做動詞 <u>denied</u> 的受詞。

「嚴」：其實，這裡要記的是與「嚴」音同的「延」，如 delay（延緩；耽擱），postpone（延期；延緩），put off（延

英語句型結構
English Sentence Patterns

198

期），舉例如後：

(26) She would <u>delay</u> *starting divorce proceedings* for three months.
（她會延緩三個月提起離婚訴訟。）

帶有受詞 *divorce proceedings*（*divorce* 原為名詞，在此轉做形容詞用，修飾名詞 *proceedings*）的動名詞片語 *starting divorce proceedings*，做動詞片語 would <u>delay</u> 的受詞。句尾的時間副詞 for three months 則是修飾動詞片語 would <u>delay</u> 的修飾語。

(27) I can no longer <u>postpone</u> *returning his call.*
（我不能再拖延回他的電話了。）

帶有受詞 *his call* 的動名詞片語 *returning his call*，做動詞片語 can...<u>postpone</u> 的受詞。否定副詞 no longer 則是否定動詞片語 can...<u>postpone</u> 的修飾語。

(28) He always <u>puts off</u> *doing his homework* until the last minute.
（他總是拖到最後一分鐘才寫功課。）

帶有受詞 *his homework* 的動名詞片語 *doing his homework*，做動詞片語 <u>puts off</u> 的受詞。放在動詞片語 <u>puts off</u> 前面的頻率副詞 always 及句末的時間副詞 until the last minute，都是修飾動詞片語 <u>puts off</u> 的修飾語。

「戒」除：如 quit（停止；放棄），give up（放棄；棄絕），還有與「戒」音同的「介」，如 mind（介意，在乎），分別舉例如下：

(29) Tom <u>quit</u> *smoking* when his wife became pregnant.
（Tom 在他妻子懷孕時便戒了菸。）

動名詞 *smoking* 做動詞 <u>quit</u> 的受詞。另外，表「時間」的副詞子句 when his wife became pregnant 則是修飾動詞 <u>quit</u> 的修飾語。

(30) She <u>gave up</u> *drinking* on the advice of her doctor.
（她依照醫師的囑咐戒了酒。）

動名詞 *drinking* 做動詞片語 <u>gave up</u> 的受詞。此外，帶有形容詞片語 of her doctor 的副詞片語 on the advice of her doctor 則為修飾動詞片語 <u>gave up</u> 的副詞修飾語。

(31) Would you <u>mind</u> *waiting outside (for) a moment*?
（你介意在外頭稍候一會兒嗎？）

帶有地方副詞 *outside* 及時間副詞 *(for) a moment* 的動名詞片語 *waiting outside (for) a moment*，做動詞片語 Would ... <u>mind</u> 的受詞。時間副詞 *(for) a moment* 裡的介系詞 *for*，在非正式場合經常被省略。令外，要順便一提的是，此句並非真正的問句，而是禮貌性請求，說話者就是要你到外頭稍候，所以，在正常的情況下，聽話者自然要同意所請，回答時，腦筋得急轉彎了，同學們千萬不要受中文思維的影響回答 Yes，因為 Yes 的意思是「是的，我介意」，既然「介意」，那就是反對所請，對方恐會張大眼睛回瞪你，因此，得答 No（我不介意到外頭等），才是正確的應對之道。

「冒」險：risk，如：

(32) You will <u>risk</u> *losing your job* if you don't tell your boss the truth.
（如果你不告訴你老闆實情，你會有丟掉工作的風險。）

帶有受詞 *your job* 的動名詞片語 *losing your job*，做動詞片語 will <u>risk</u> 的受詞。表「條件」的副詞子句 *if you don't tell your boss the truth* 為修飾動詞片語 will <u>risk</u> 的修飾語。

「失」掉：miss，如：

(33) I <u>missed</u> *watching the baseball game* last night.
（昨晚我沒看到那場棒球比賽。）

帶有受詞 *the baseball game* 的動名詞片語 *watching the baseball game*，做動詞 <u>missed</u> 的受詞。置於句末的時間副詞 last night 則是修飾動詞 <u>missed</u> 的修飾語。

「考」慮：consider，如：

(34) Tom <u>considered</u> *moving to a bigger house in the country.*
（Tom 考慮搬到鄉下較大的房子去住。）

帶有兩個地方副詞 *to a bigger house* 與 *in the country* 的動名詞片語 *moving to a bigger house in the country*，做動詞 <u>considered</u> 的受詞。

「量」：此處我們要記的是與「量」音同的「諒」，forgive（原諒，寬恕），如：

(35) She will never <u>forgive</u> *his cheating on her.*
（她永遠不會原諒他對她劈腿；即對她不忠。）

帶有意義上的主詞 *his* 及副詞修飾語 *on her* 的動名詞片語 *his cheating on her*，做否定的動詞片語 will never <u>forgive</u> 的受詞。同學們如果忘了動名詞意義上的主詞的表達方式，

可回頭參閱第二章第 2.7 節說明（p. 40）。

「忍」受：如 stand（忍受，忍耐），tolerate（容忍，忍耐），
resist（抗拒；忍住），分別舉例如後：

(36) The teacher could not <u>stand</u> *her students' being late for school.*
（這位老師無法忍受她的學生上學遲到。）

帶有意義上的主詞 *her students'* 及補語 *late*，以及副詞修飾語
for school 的動名詞片語 *her students' being late for school*，做否
定的動詞片語 could not <u>stand</u> 的受詞。

附註：動詞 stand 做「忍耐、忍受」解時，為及物動詞，
通常用在否定句或疑問句裡。如：

How can you stand it?
（你怎能忍受這事呢？）

(37) Ms. Hinton will not <u>tolerate</u> *any cheating on the test.*
（Hinton 老師不會容忍考試時有任何作弊行為。）

帶有形容詞 *any* 及副詞修飾語 *on the test* 的動名詞片語 *any
cheating on the test*，做否定的動詞片語 will not <u>tolerate</u> 的受
詞。如果忘了為什麼形容詞 *any* 可以修飾動名詞 *cheating*，
請參閱第二章第 2.8 節說明（p. 42）。

(38) I could not <u>resist</u> *laughing at the joke.*
（聽到這則笑話，我忍不住笑了起來。）

帶有副詞修飾語 *at the joke* 的動名詞片語 *laughing at the joke*，
做否定的動詞片語 could not <u>resist</u> 的受詞。

「住」：這裡我們要記的是與「住」音同的「助」，can't help
（不得不；不禁），如：

(39) She <u>couldn't help</u> *laughing.*

（她忍不住笑了出來。）

動名詞 *laughing* 做動詞片語 <u>couldn't help</u> 的受詞。

附註：必須一提的，還有兩個意義相同，用法卻相異的動詞片語：can't but 與 can't help but。這兩個動詞片語可得接原形不定詞（也就是<u>不帶 to</u> 的不定詞）做受詞。道理很簡單，這兩個動詞片語尾巴的 but 並非連接詞，而是<u>介系詞</u>（= except），按理講，介系詞接動狀詞做受詞時必須接動名詞，在這個用法裡卻須接原形不定詞做受詞，這是介系詞接不定詞做受詞的極少數例外，同學們一定要牢記。所以，例(39)也能改寫為：

She <u>couldn't but</u> *laugh.* 或：

She <u>couldn't help but</u> *laugh.*

「突」然：burst out（突然...起來），如：

(40) He <u>burst out</u> *crying* at the news of his mother's death.

（他聽到他母親死訊時，突然哭了起來。）

動名詞 *crying* 做動詞片語 <u>burst out</u> 的受詞。而表原因的副詞修飾語 at the news of his mother's death 則是修飾整個動詞片語 <u>burst out</u> *crying* 的，當然，這個副詞修飾語是由 at the news 和 of his mother's death 結合而成的，這兩個片語都是「介系詞 + 受詞」的形式，嚴格來講，第一個片語 at the news 才是修飾整個動詞片語的，而第二個片語 of his mother's death 則是形容詞片語（如果忘記了，再回頭再看一下第 17 頁的第一章第 3.1 節），修飾 news 這個名詞，所

以，我們當然可以把這一整串字 at the news of his mother's death 視做整個動詞片語的副詞修飾語，這些細節同學們可以藉此機會再複習一下。

「停」：stop#；它也能接不定詞，不過其意與接動名詞做受詞不同，分別舉例說明如下：如：

(41) We all <u>stopped</u> *talking* when the teacher stepped into the classroom.
（當老師步入教室時，我們都停止交談。）

動名詞 *talking* 做動詞 <u>stopped</u> 的受詞。放在動詞 <u>stopped</u> 前面的副詞 all 及句尾的副詞子句 when the teacher stepped into the classroom，都是修飾動詞 <u>stopped</u> 的修飾語。同學們再仔細看下面這句：

He <u>stopped</u> *to smoke* when he heard the tea bell ringing.
（當聽到下午茶鈴聲響起時，他停下來抽菸；即放下手邊的工作開始抽菸。）

此句動詞 <u>stopped</u> 後面接了不定詞 *to smoke*。同學們一定要特別留意，當動詞「stop」後面接的是不定詞，而非動名詞時，此時「stop」為不及物動詞，後面接的是表「目的」的不定詞，如本句，說明主詞放下手邊工作的目的（就是要抽支菸）。此用法與例(41)間的差異務必要注意。

論「及」：mention（提及，言及），如：

(42) She <u>mentioned</u> *having seen him.*
（她提到曾見過他。）

帶有受詞 him 的完成式動名詞片語 *having seen him*，做動詞 <u>mentioned</u> 的受詞。同學如果忘了動名詞完成式的使用時

機，可回頭再看看第二章第 2.3 節例(2)的說明（p. 28）。

預「期」：anticipate（盼望，期待），如：

(43) We <u>anticipate</u> *having a wonderful time at the party.*
（我們期待在派對中玩得開心。）

帶有受詞 *a wonderful time* 及地方副詞 *at the party* 的動名詞片語 *having a wonderful time at the party*，做動詞 <u>anticipate</u> 的受詞。

討「論」：discuss，如：

(44) They <u>discussed</u> *going to San Francisco for vacation.*
（他們討論去舊金山度假。）

帶有地方副詞 *to San Francisco* 及表「目的」的副詞修飾語 *for vacation* 的動名詞片語 *going to San Francisco for vacation*，做動詞 <u>discussed</u> 的受詞。

「了」解：understand，如：

(45) I can't <u>understand</u> *her cheating on him.*
（我無法了解她怎會對他劈腿；即對他不忠。）

帶有意義上的主詞 *her* 及副詞修飾語 *on him* 的動名詞片語 *her cheating on him*，做否定的動詞片語 can't <u>understand</u> 的受詞。同學如果不熟悉動名詞意義上的主詞的表達方式，請參閱第二章第 2.7 節說明（p. 40）。

205　　　　　　　　　　　　第四章、句型結構

5.3.5 名詞片語做受詞

這邊我們要把重點放在「疑問詞 + 不定詞」形成的名詞片語（請參閱第 76 頁的第二章第 3.6 節）；除了名詞單字外，名詞片語當然也能在句子裡做動詞的受詞，如：

(1) She <u>knew</u> *what to say.*
（她知道該說什麼。）

名詞片語 *what to say* 在本句做動詞 <u>knew</u> 的受詞；就名詞片語本身而言，<u>疑問代名詞</u> *what* 除了具疑問詞性質外，還做代名詞，在名詞片語裡做不定詞片語 *to say* 的受詞（說「什麼」）。

(2) He did not <u>realize</u> *when to stop.*
（他不了解什麼時候該停下來。）

名詞片語 *when to stop* 做否定的動詞片語 did not <u>realize</u> 的受詞；而就名詞片語本身而言，疑問副詞 *when* 除了具疑問詞性質外，還有副詞的功能，在片語裡修飾不定詞 *to stop*（「何時」停下來）。

(3) We do not <u>care</u> *where to go.*
（我們不在乎要去哪兒。）

名詞片語 *where to go* 在本句做否定的動詞片語 do not <u>care</u> 的受詞；就名詞片語本身而言，疑問副詞 *where* 除了具疑問詞性質外，還有副詞的功能，在片語裡修飾不定詞 *to go*（去「何處」）。

(4) Please <u>tell</u> me *how to do it.*

（請告訴我要如何做。）

名詞片語 *how to do it* 在本句做動詞 <u>tell</u> 的直接受詞；就名詞片語本身而言，疑問副詞 how 除了具疑問詞性質外，還有副詞的功能，在片語裡修飾不定詞片語 *to do it*（「如何」做）。這裡要特別注意的是，名詞片語 *how to do it* 可千萬不能說成「*how to do*」，因為此處的不定詞 *to do* 是來自表示「做或完成（某事）」的及物動詞 do，必須有受詞，雖然其後的代名詞 *it* 中譯是翻不出來的，但這個 *it* 絕不可省，同學們務必要留意。

5.3.6 名詞子句做受詞

當名詞單字、名詞片語都不夠用時，當然可以派名詞子句出馬，在句子裡做受詞（有關名詞子句應注意事項，請參閱第 168 頁的第 5.2.1.9 例(3)的說明），如：

(1) He <u>believes</u> *that honor is above life.*

（他相信榮譽勝過生命。）

從屬連接詞 that 引導的名詞子句 *that honor is above life* 在本句做動詞 <u>believes</u> 的受詞。

(2) She <u>wonders</u> *whether love is priceless (or not).*

（她懷疑愛情是否無價。）

來自疑問句「Is love priceless?」的名詞子句 *whether love is priceless (or not)*，在句子裡做動詞 <u>wonders</u> 的受詞；*whether* 後面的 *or not* 可有可無，意思不變。

　　　　　第四章、句型結構

(3) Nobody <u>knows</u> *what another person is thinking.*

（沒有人知道旁人正想著什麼。）

來自問句「What is another person thinking?」的名詞子句 *what another person is thinking*，在句子裡做做動詞 <u>knows</u> 的受詞；<u>疑問代名詞</u> *what* 除兼連接詞引導名詞子句外，它在子句裡還是動詞片語 *is thinking* 的受詞。

(4) Did Tom <u>say</u> *where he was going* or *when he would be back?*

（Tom 有沒有說他要去哪裡，何時回來呢？）

來自問句「Where was he going?」的名詞子句 *where he was going*、問句「When would he be back?」的名詞子句 *when he would be back*，由對等連接詞 or 連接後，同時做動詞片語 Did...<u>say</u> 的受詞。在這兩個子句裡，第一個子句裡的疑問詞 *where* 及第二個子句裡的 *when* 除了兼連接詞引導名詞子句外，由於它們都是疑問<u>副詞</u>，在<u>子句</u>裡還得有副詞的功能（也就是在子句裡還得擔任副詞修飾語的角色）；第一個子句裡的 *where* 為修飾動詞片語 *was going* 的地方副詞（去「哪裡」），而第二個子句裡的 *when* 則為飾動詞片語（含補語）*would be back* 的時間副詞（「何時」回來）。

5.3.7 被動語態

第一及第二句型是沒有被動語態的，因為這兩種句型都沒有受詞，自然就沒有辦法把受詞拉到句首當主詞，形成被動式。不過，從第三句型開始，因為有了受詞，就得提一下被動語態了。

5.3.7.1 被動語態的使用時機

我們來複習一下被動語態的使用時機。一搬而言，概分爲三大類：「原主動語態的主詞眾所皆知時」，「原主動語態的主詞不爲人知時」，及「強調原主動語態的受詞時」，分述如後：

5.3.7.1.1 原主動語態的主詞眾所皆知時

這個使用時機和中文語法習慣幾乎一致，很容易理解。同學先比較下面這兩個例句：

(1) Farmers grow rice in Taiwan. ⟶ 主動語態
（在台灣，農夫種稻。）

(2) Rice is grown in Taiwan. ⟶ 例(1)的被動式
（台灣種稻。）

試想，如果今天有個老外對台灣的農業很有興趣，想了解台灣主要的農作物，你回答時，當然要說例(2)這句話，因爲原主動語態（例(1)）的主詞是眾所皆知的，一定是農夫種稻，不會是漁夫、教師…等其他行業的人種稻，這時，就得用被動式了，此時，例(2)句末自然也不需要「by farmers」片語，因爲「眾所皆知」嘛！再提就是畫蛇添足了，其實，英文如是，中文不也是如此嗎？

5.3.7.1.2 原主動語態的主詞不爲人知時

同學再比較下面這兩個例句：

(1) Someone broke the window. ⟶ 主動語態
（某人打破玻璃了。）

(2) The window was broken. ⟶ 例(1)的被動式
（玻璃被打破了。）

第四章、句型結構

一早進教室，發現窗戶玻璃破了，這時，第一位看到的同學應該會說出例(2)這句話（中、英文皆如此），因為原主動語態（例(1)）的主詞是不為人所知的，可能是附近小孩玩球時不小心打破了，也可能是剛被開除的同學狹怨報復，當然也可能是無聊人士所為，總之，不曉得誰幹的，自然要用被動式表示，當然，例(2)句末自然也不需要「by someone」片語，因為「不為人知」嘛，再說就多此一舉啦！

5.3.7.1.3 強調原主動語態的受詞時

先舉個例子；話說阿營過生日時，媽媽知道他愛吃巧克力蛋糕，特地烘了個十寸大的巧克力蛋糕給他慶生；阿營有個非常疼愛他的阿姨，也幫他烤了一個既健康、又美味的水果蛋糕；飯後要切蛋糕了，媽媽跟阿姨同時端出這兩個大蛋糕，這時爸爸趕緊起身，向前來祝壽的賓客介紹這兩個充滿愛心的蛋糕，說道：

(1) Mom baked this chocolate cake, and Aunt Lily made that fruit cake. ──▶ 主動語態
（媽媽烘了這個巧克力蛋糕，Lily 阿姨做了那個水果蛋糕。）

爸爸這麼說當然沒問題，原主動語態的主詞交代清楚了（媽媽跟阿姨），受詞也說了（巧克力蛋糕和水果蛋糕），但是，因為是慶生的場合，重點應該擺在蛋糕，也就是應「強調原主動語態的受詞」，所以，爸爸指著蛋糕的同時，得如此介紹才是：

(2) This chocolate cake was baked by Mom, and that fruit cake was made by Aunt Lily.
（這個巧克力蛋糕是媽媽烘的，那個水果蛋糕是 Lily 阿

姨做的。）

因為蛋糕才是重心嘛！當然，by Mom 及 by Aunt Lily 這兩個片語也得說出，否則就不曉得是誰烤的囉！

5.3.7.2 被動語態的形成方式

再來，得提一下被動語態的形成方式（或稱「形式」或「公式」）了。同學們應該都知道，被動語態是由「be 動詞 + 過去分詞（即大家所熟悉的 be + p.p.）」所形成的，這是基本公式，由於不同的時態會有不同的 be 動詞形式，所以，不同的時態也會有不同的被動語態形式，因此，討論被動語態的形成方式前，得先複習一下 be 動詞的各種時態，詳述如下：

(1) 現在簡單式：am, are, is

(2) 過去簡單式：was, were

(3) 未來簡單式：will be 或 am/are/is going to be

(4) 現在進行式：am/are/is being

(5) 過去進行式：was/were being

(6) 未來進行式：will be being 或 am/are/is going to be being

(7) 現在完成式：have/has been

(8) 過去完成式：had been

(9) 未來完成式：will have been 或 am/are/is going to have been

(10) 現在完成進行式：have/has been being

(11) 過去完成進行式：had been being

(12) 未來完成進行式：will have been being 或 am/are/is going to have been being

同學們看完上列肯定會嚇一大跳，怎麼會有這麼多從未見過的形式呢！其實，這只是理論，洋人們的老祖宗在制定這些語言形式時，大概也怕後代子孫消受不起這些繁雜的公式，

所以進一步訂下潛規則:「凡是 be、being、 been 這三個字中的任何兩個字都不能同時出現」,如此一來,be 動詞的各種時態就簡化成下列八種了:

(1) 現在簡單式:am, are, is
(2) 過去簡單式:was, were
(3) 未來簡單式:will be 或 am/are/is going to be
(4) 現在進行式:am/are/is being
(5) 過去進行式:was/were being
(6) 未來進行式:從缺
(7) 現在完成式:have/has been
(8) 過去完成式:had been
(9) 未來完成式:will have been 或 am/are/is going to have been
(10) 現在完成進行式:從缺
(11) 過去完成進行式:從缺
(12) 未來完成進行式:從缺

我們來進一步整理並以「Tom invites the girl .(Tom 邀請這女孩。)」這個主動語態的句子為例,詳列出各種時態改為被動語態後的句子。

(1) 現在簡單式:The girl is invited by Tom.
(2) 過去簡單式:The girl was invited by Tom.
(3) 未來簡單式:The girl will be invited by Tom.
　　　　　　　　The girl is going to be invited by Tom.
(4) 現在進行式:The girl is being invited by Tom.
(5) 過去進行式:The girl was being invited by Tom.
(6) 現在完成式:The girl has been invited by Tom.
(7) 過去完成式:The girl had been invited by Tom.

(8) 未來完成式：The girl <u>will have been invited</u> by Tom.

The girl <u>is going to have been invited</u> by Tom.

好啦！被動語態交代清楚後，我們就可以進入第四句型囉！

5.4 第四句型（S + V + Oi + Od）

只要是及物動詞，就必須有受詞，這個概念在上個句型裡已經充分說明了；還有一種常見的動詞，它也是及物動詞，卻需要<u>兩個受詞</u>，句意才完整，這類的動詞我們稱為<u>授與動詞</u>（Dative Verb），後面跟到的兩個受詞分別稱為<u>間接受詞</u>（Oi, Indirect Object），也就是<u>授與的對象</u>，大多為「人」；以及<u>直接受詞</u>（Od, Direct Object），也就是<u>授與的事物</u>，大多為「物品」，如：

(1) He <u>gave</u> *the girl* **a book**.

（他給了這女生一本書。）

授與動詞 <u>gave</u> 後面跟到的第一個受詞 *the girl* 就是間接受詞（授與的對象），第二個受詞 **a book** 就是直接受詞（授與的事物）。

看到這兒，有些同學可能會聯想到另一個同義的句子：

(2) He <u>gave</u> **a book** <u>to</u> *the girl*.

（他給了這女生一本書。）

沒錯，當我們把間接受詞 *the girl* 往後搬，在它前面再補上一個介系詞 to 時，例(2)已搖身一變，從第四句型變成第三句型了，此時動詞 <u>gave</u> 的受詞只有一個，就是 **a book**，而 *the girl* 已成了介系詞 <u>to</u> 的受詞，這個介系詞片語 <u>to</u> *the girl* 在本句已成為修飾動詞的副詞片語了。

所以，在進一步介紹第四句型前，有幾個觀念必須先釐清：首先，還是得複習一下我們在第 5 節（p. 152）開頭所提到對動詞性質的認知，也就是有些動詞並非專屬某種句型，就像上例的動詞，可以用在第三句型，也能用在第四句型，這點是同學必須注意的。其次，也不是所有第四句型的動詞都能轉換成第三句型的動詞，有些可以，有些卻不行，底下我們會充分舉例說明。最後，能轉換成第三句型的動詞（也就是只留下直接受詞，再把間接受詞往後搬，在它前面再補上一個介系詞，讓它變成修飾動詞的副詞片語），這些動詞各有搭配的介系詞，不能隨意胡用，這些，都是同學們必須特別留意的。另外，爲方便起見，我們先把標準的第四句型句構（S + V + Oi + Od）稱爲「句型 A」，再把能改寫成第三句型的句構（S + V + Od +介系詞+ Oi）稱爲「句型 B」，就可以開始充分討論如後了：

5.4.1 「句型 A」與「句型 B」可互相改寫的授與動詞

5.4.1.1 常見與介系詞「to」搭配的授與動詞

(1) She gave *me* **some flowers**.
   She gave **some flowers** to *me*.
   （她給我一些花。）

(2) He wrote *his wife* **a letter**.
   He wrote **a letter** to *his wife*.
   （他寫了封信給他妻子。）

(3) The mother read *her children* **a story**.
   The mother read **a story** to *her children*.
   （這位母親給她的孩子們唸了一篇故事。）

(4) Jean showed *her close friend* **her diamond earrings**.

Jean <u>showed</u> **her diamond earrings** <u>to</u> *her close friend.*
（Jean 把她的鑽石耳環秀給她的閨蜜看。）

(5) Mr. Chang <u>teaches</u> *us* **English**.

Mr. Chang <u>teaches</u> **English** <u>to</u> *us.*

（張老師教我們英文。）

(6) She <u>told</u> *me* **a romantic story**.

She <u>told</u> **a romantic story** <u>to</u> *me.*

（她對我說了一則浪漫的故事。）

(7) He <u>sold</u> *her* **a used car**.

He <u>sold</u> **a used car** <u>to</u> *her.*

（他賣了部中古車給她。）

(8) She <u>sent</u> *her boyfriend* **a postcard**.

She <u>sent</u> **a postcard** <u>to</u> *her boyfriend.*

（她寄給她男朋友一張明信片。）

(9) Would you please <u>lend</u> *me* **five hundred dollars**?

Would you please <u>lend</u> **five hundred dollars** <u>to</u> *me*?

（你可以借我五百元嗎？）

(10) The principal <u>offered</u> *her* **a teaching position**.

The principal <u>offered</u> **a teaching position** <u>to</u> *her.*

（校長給了她一份教職。）

(11) He <u>bade</u> *me* **good night**.

He <u>bade</u> **good night** <u>to</u> *me.*

（他向我道晚安。）

(12) The teacher <u>awarded</u> *the girl* **a prize**.

The teacher <u>awarded</u> **a prize** <u>to</u> *the girl*.

（老師頒發獎品給這女生。）

(13) Regular exercise <u>does</u> *your health* **good**.

Regular exercise <u>does</u> **good** <u>to</u> *your health*.

（規律的運動對你健康有益。）

同學們要特別留意本句的動詞 <u>does</u>。「do」當動詞時，除了常見的「做（某事）」解，還能當授與動詞，表「給予；致使」，本句就是這樣的用法；另外，直接受詞「**good**」可千萬別誤會它是個形容詞，它能做名詞用的，表「好處，利益」，它在這個句子裡就是當名詞用，做授與動詞 <u>does</u> 的直接受詞。

(14) The hostess <u>served</u> *us* **a big dinner**.

The hostess *served* **a big dinner** <u>to</u> *us*.

（女主人款待我們一頓豐盛的晚餐。）

(15) I <u>paid</u> *her* **the money** yesterday.

I <u>paid</u> **the money** <u>to</u> *her* yesterday.

（我昨天付給她這筆錢了。）

(16) Miss Hinton <u>assigns</u> *her students* **homework** every day.

Miss Hinton <u>assigns</u> **homework** <u>to</u> *her students* every day.

（Hinton 老師每天都給她的學生作業做。）

(17) He <u>handed</u> *her* **a note** in class.

He <u>handed</u> **a note** <u>to</u> *her* in class.

（他上課時傳給她一張便條。）

(18) The waitress <u>brought</u> *me* **the menu**.

The waitress <u>brought</u> **the menu** <u>to</u> *me*.

（女服務生把菜單拿給我。）

(19) Tom <u>denies</u> *his daughter* **nothing**.

Tom <u>denies</u> **nothing** <u>to</u> *his daughter*.

（Tom 對他女兒有求必應。）

(20) That will <u>cause</u> *us* **a lot of trouble**.

That will <u>cause</u> **a lot of trouble** <u>to</u> *us*.

（那會帶給我們很多麻煩。）

本句改寫成「句型 B」後，動詞「cause」也見過與介系詞「for」搭配的，所以也能寫成：

(21) That will <u>cause</u> **a lot of trouble** <u>for</u> *us*.

不過，較不常見就是啦！

(22) His parents <u>promised</u> *him* **a new cellphone** for his birthday.

His parents <u>promised</u> **a new cellphone** <u>to</u> *him* for his birthday.

（他父母答應在他生日時給他一個新手機。）

同上句，改寫成「句型 B」後，動詞「promise」也見過與介系詞「for」搭配的，所以也能寫成：

(23) His parents <u>promised</u> **a new cellphone** <u>for</u> *him* for his birthday.

同樣，這種用法也較不常見。

註一：直接受詞（授與的事物）為代名詞時，通常只用「句型 B」，而不用「句型A」，所以，我們如果把例(1)（She <u>gave</u> *me* **some flowers**.）當中的直接受詞 **some flowers** 用代名詞 them 代替時，這句話只能說成：

(24) She <u>gave</u> **them** <u>to</u> *me.*

　　而不能說成：

(25) She <u>gave</u> *me* **them.**（？）

註二：讀到此，可能有人會心生疑問：除卻上述註一不提，既
　　　然「句型A」與「句型 B」都能拿來講同一件事，到底
　　　我們要用哪一個句型來表達較妥當呢？同學們記不記得
　　　第 2 節例(10)底下的「注意」裡（p. 148），我們提過的
　　　「先短後長（先短字、後長字）或先少後多（先少字後
　　　多字）」的原則？這個通則也適用在這裡，也就是說，
　　　如果<u>間接受詞</u>「短或少」，我們就先說它（用「句型
　　　A」），如果是<u>直接受詞</u>「短或少」，我們就用「句型B」
　　　來表示。比方說，我們來把例(1)（She <u>gave</u> *me* **some
　　　flowers**.）當中的間接受詞 *me* 改為 *the nurse taking care of her
　　　daughter*，寫成下例：

(26) She <u>gave</u> *the nurse taking care of her daughter* **some flowers**.
　　　She <u>gave</u> **some flowers** <u>to</u> *the nurse taking care of her daughter.*
　　　（她送了些花給照顧她女兒的護理師。）

　　　雖然本例兩種句型都相通，「句型 B」（第二句）就優於
　　　「句型A」（第一句）。

　　注意：註一、二所提內容也適用於下列各句構，就不再贅數。

5.4.1.2 常見與介系詞「for」搭配的授與動詞

(1) He <u>bought</u> *his girlfriend* **some roses**.
　　He <u>bought</u> **some roses** <u>for</u> *his girlfriend.*
　　（他買了些玫瑰花給他女朋友。）

(2) Did he <u>get</u> *her* **a dress**?

Did he <u>get</u> **a dress** <u>for</u> *her*?

（他買了件洋裝給她嗎？）

動詞 <u>get</u> 做「買」解時，用法同上例的動詞「buy（買）」。

(3) She <u>made</u> *him* **the bed**.

She <u>made</u> **the bed** <u>for</u> *him*.

（她幫他鋪床。）

(4) Please <u>find</u> *me* **a pen**.

Please <u>find</u> **a pen** <u>for</u> *me*.

（請幫我找支筆。）

(5) Did you <u>leave</u> *them* **any cake**?

Did you <u>leave</u> **any cake** <u>for</u> *them*?

（你有沒有給他們留些蛋糕？）

(6) Would you please <u>cash</u> *me* **the check**?

Would you please <u>cash</u> **the check** <u>for</u> *me*?

（可以請你幫我把這張支票兌現嗎？）

(7) The teacher <u>answered</u> *his student* **a question**.

The teacher <u>answered</u> **a question** <u>for</u> *his student*.

（老師回答了他學生的問題。）

(8) The speech <u>won</u> *her* **the party nomination**.

The speech <u>won</u> **the party nomination** <u>for</u> *her*.

（這場演說幫她贏得黨提名。）

(9) The doctor <u>prescribed</u> *him* **some tablets**.

The doctor <u>prescribed</u> **some tablets** <u>for</u> *him*.

（醫師幫他開了些藥錠。）

(10) Would you please <u>spare</u> *me* **some of these eggs**?

Would you please <u>spare</u> **some of these eggs** <u>for</u> *me*?

（可以請你把這些蛋讓一些給我嗎？）

動詞 spare 用在本句型時，可表「割愛，讓與」之意。直接受詞爲帶有形容詞片語 **of these eggs** 的不定代名詞 **some**。說這句話的人應該是在缺蛋期間到超市想買蛋，結果晚了一步，眼見架上最後幾顆蛋被前面的一位購物者拿走了，情急之下只好硬著頭皮說出此話了。

(11) Your investment in tourism will definitely <u>earn</u> *you* **a fortune**.

Your investment in tourism will definitely <u>earn</u> **a fortune** <u>for</u> *you*.

（你在觀光業的投資一定會讓你賺大錢。）

5.4.1.3 與其它介系詞搭配的常見授與動詞

(1) May I <u>ask</u> *you* **a favor**?

May I <u>ask</u> **a favor** <u>of</u> *you*?

（可以請你幫我個忙嗎？）

(2) He <u>asked</u> *the teacher* **a question**.

He <u>asked</u> **a question** <u>of</u> *the teacher*.

（他問老師一個問題。）

(3) They <u>played</u> *him* **a trick**.

They <u>played</u> **a trick** <u>on</u> *him*.

（他們捉弄他。）

5.4.2 只能用在「句型 A」的的授與動詞

(1) I <u>envy</u> *him* **his good luck**.

（我羨慕他的好運。）

當然，這樣的意思也能用下句來表達：

I envy his good luck.

同學們別忘了，我們剛剛才在第 5.4 節例(2)後面的解說裡（p. 213）複習過的概念，很多動詞都非專屬某種句型，就像本例的動詞 <u>envy</u>，可以用在第四句型，也能用在第三句型的，這點再次提醒同學。

(2) The coupons will <u>save</u> *her* **a couple of dollars**.
（這些折價券能幫她省下幾塊錢。）

(3) I will <u>bet</u> *you* **anything** on that.
（那件事我跟你賭什麼都行。）

句尾的副詞片語 on that 是修飾動詞片語 will <u>bet</u> 的。

(4) The book <u>cost</u> *me* **three hundred dollars**.
（這本書花了我三百元。）

(5) She <u>wished</u> *us* **a pleasant journey**.
（她祝我們旅途愉快。）

這句話也曾見過用「句型 B」來表示，寫成：

She <u>wished</u> **a pleasant journey** to *us*.

不過，極為罕見就是。

(6) The clerk <u>charged</u> *the customer* **a thousand dollars**.
（店員向顧客要價一千元。）

(7) The king <u>spared</u> *him* **his life**.
（國王饒了他一命。）

動詞 spare 用在本句型時，能表「饒恕」之意，如本句。此時只能用於「句型 A」，同學們可千萬不要跟第 5.4.1.2 節例(10)裡（p. 220）動詞 spare 的另一種用法混為一談了。

5.4.3 只能用在「句型 B」的的授與動詞

這類動詞表面上屬第三句型，但意義上卻都帶有雙受詞，也就是都有「直接受詞」與「間接受詞」，只不過就句構而言，這些動詞只能接直接受詞，得把間接受詞往後放，在它前面再補上一個介系詞，形成修飾動詞的副詞片語。

5.4.3.1 常見與介系詞「to」搭配的授與動詞

(1) He <u>spoke</u> **English** <u>to</u> *me.*
　　（他對我說英文。）

　　這個句子表面上屬第三句型，惟細看之下，的確有雙受詞，其中「直接受詞」為 **English**，「間接受詞」為 *me*。只不過必須以「句型 B」的句構來表之。以下的例句也都是同樣的情形，同學們可慢慢體會，就不再一一贅述了。

(2) She <u>introduced</u> **her elder brother** <u>to</u> *me.*
　　（她把她哥哥介紹給我。）

　　這邊要順便提一下「哥哥」或「姊姊」的說法，正確來講，應該在 brother 或 sister 前加上 elder（年長的）一字，形成 elder brother（哥哥）或 elder sister（姊姊），但是美式英文也常用 old（年紀大的）的比較級 older 來取代 elder，說成 older brother（哥哥）或 older sister（姊姊）；事實上，用 elder 是優於 older 的，因為 elder 是說明「輩分」的年長，而 older 僅表示「年紀」大些，同學們可以仔細想想，家族中有沒有年紀

比你輕，而你卻得叫她「阿姨」或稱他「叔叔」的長輩呢？
這就是爲何用 elder 來稱呼兄姊較爲正確的道理了。

(3) Can you <u>describe</u> **your trip to Japan** <u>to</u> *us*?
（你能向我們描述一下你在日本的旅遊嗎？）

(4) He <u>said</u> **nothing** <u>to</u> *me*.
（他什麼都沒對我說。）

(5) She <u>explained</u> **the math problem** <u>to</u> *her classmate*.
（她向她的同學解說這道數學題目。）

(6) The student <u>repeated</u> **his question** <u>to</u> *the teacher*.
（這位學生向老師重複他的問題。）

(7) Did he <u>suggest</u> **anything** <u>to</u> *you*?
（他有沒有向你建議什麼呢？）

(8) She <u>mentioned</u> **the news** <u>to</u> *her boyfriend*.
（她向她男朋友提起這則消息。）

(9) He <u>proved</u> **his innocence** <u>to</u> *the jury*.
（他向陪審團證明他是清白的。）

(10) The girl *reported* **the car accident** <u>to</u> *the police*.
（這女孩向警方報告了這椿車禍。）

(11) The teacher <u>announced</u> **the examination** <u>to</u> *the students*.
（老師向學生們宣佈了考試這件事。）

5.4.3.2 常見與介系詞「for」搭配的授與動詞

(1) The gentleman <u>closed</u> **the door** <u>for</u> *the lady*.
（這位紳士幫這位女士關門。）

(2) She <u>opened</u> **the window** <u>for</u> *Tom.*
（她幫 Tom 開窗戶。）

(3) The mother <u>changed</u> **another blouse** <u>for</u> *her daughter.*
（這位母親幫她女兒換穿了另件短上衣。）

(4) The teacher <u>pronounced</u> **the words** <u>for</u> *the students.*
（老師唸這些字的音給學生們聽。）

5.4.3.3 常見與介系詞「of」搭配的授與動詞

(1) You should <u>rid</u> **the house** <u>of</u> *mice.*
（你應該驅除屋內的老鼠。）

(2) The gangsters <u>robbed</u> **the bank** <u>of</u> *a large amount of money.*
（這些匪徒搶了這家銀行一大筆錢。）

(3) They <u>drained</u> **the pool** <u>of</u> *water.*
（他們排乾這池子裡的水。）

附註：還有些常見的動詞，它們也常跟介系詞「of」搭配，不過介系詞後接的卻不是間接受詞（授與的對象），而是直接受詞（授與的事物），而形成「S + V + **Oi** +<u>介系詞+</u><u>Od</u>」的句型（請同學們注意到與「句型 B」（S + V + **Od** +介系詞+ Oi）之間的不同處），我們暫且把此種句構稱爲「句型 C」好了，如：

(4) The picture <u>reminds</u> *me* <u>of</u> **the good old days**.
（這張照片讓我想起那些過往的美好時光。）

動詞 <u>reminds</u> 後面接的是間接受詞 *me*，而直接受詞 **the good old days** 卻放在介系詞 <u>of</u> 之後，形成介系詞片語 <u>of</u> **the good old days**，做爲修飾動詞的副詞片語。其實，就句構而言，

這樣的句子也應屬第三句型，只是就句意來講，這個動詞還是有兩個受詞，說這句子是第四句型似乎也不過。總之，實用最重要，管它是第幾句型，只要把這些常見動詞（如下面各例）的用法記牢，就大功告成囉！

(5) She <u>informed</u> *her parents* <u>of</u> **her safe arrival**.
（她通知她雙親她已平安抵達。）

(6) He <u>has convinced</u> *the judge* <u>of</u> **his innocence**.
（他已說服法官他是清白的。）

(7) The police <u>suspected</u> *him* <u>of</u> **theft**.
（警方懷疑他偷竊。）

(8) She <u>warned</u> *me* <u>of</u> **possible failure**.
（她警告我可能會失敗。）

5.4.3.4 常見與介系詞「on」搭配的授與動詞

(1) She <u>spent</u> a **lot of money** <u>on</u> *clothing*.
（她在衣物上花了很多錢。）

(2) Don't <u>waste</u> **your time** <u>on</u> *the scum*.
（別在這渣男身上浪費時間了。）

(3) The manufacturer <u>saved</u> **cost** <u>on</u> *promotion* to lower its product price.
（這家製造商省下促銷成本來降低產品價格。）

句末的不定詞片語 to lower its product price 在本句為表「目的」的副詞修飾語，修飾動詞 <u>saved</u>。另外，同學們除了要了解授與動詞 <u>saved</u> 在本句的用法外，也請回顧一下第 5.4.2 節例(2)裡動詞 <u>save</u>（一樣做授與動詞用）的另一種常見用法（p. 221）。順便也要利用這個機會再次不厭其煩的提醒同

學，英文裡有很多動詞都不會只有一種用法而已，這點是非常重要的。

(4) We <u>congratulated</u> *him* <u>on</u> **his success**.
（我們恭賀他成功了。）

同學們應該都注意到本句的字序了吧，它跟前三句可不一樣，是屬於「句型 C」的句型（如果忘了這是啥玩意，趕緊再瞄一眼第 224 頁的上一節例(4)前、後的附註與說明）。

5.4.4 「句型 B」與「句型 C」可互相改寫的授與動詞

這兩種句型可以互相改寫，但卻須使用不同的介系詞，如：

(1) This hotel <u>provides</u> **room service** <u>for</u> *its customers*.
This hotel <u>provides</u> *its customers* <u>with</u> **room service**.
（這家旅館提供客人客房服務。）

(2) He <u>presented</u> **a gold necklace** <u>to</u> *his wife* as her birthday gift.
He <u>presented</u> *his wife* <u>with</u> **a gold necklace** as her birthday gift.
（他贈送他妻子一條金項鍊做為生日禮物。）

句末的介系詞片語 as her birthday gift 可視為修飾動詞 <u>presented</u> 的副詞片語。

(3) The charity <u>supplied</u> **food and drinking water** <u>to</u> *the victims* of the earthquake.
The charity <u>supplied</u> *the victims* of the earthquake <u>with</u> **food and drinking water**.
（這家慈善機構提供了食物和飲水給地震的災民。）

介系詞片語 of the earthquake 是做形容詞用，修飾前面的名詞 *victims*。

5.4.5 被動語態

如同第三句型，因爲第四句型也有受詞，自然也有被動式，不過由於授與動詞有兩個受詞，所以第四句型的被動語態基本上有兩種改寫方式，可把「間接受詞」拿來當被動式的主詞，也可以把「直接受詞」拉來當主詞；改寫時，不管用哪一個受詞當主詞，剩下來的那一個受詞保留在原來的位置即可，如：

(1) The boy gave *the girl* **a rose**.

（這男孩給了這女孩一朵玫瑰花。）

我們先把「間接受詞」*the girl* 拿來當被動式的主詞，「直接受詞」**a rose** 就不動它，保留在原來的位置即可。如：

(2) *The girl* was given **a rose** by the boy.

這樣就改寫完囉！再來試試另一種改寫方式，我們再把「直接受詞」**a rose** 拿來當被動式的主詞，當然，「間接受詞」*the girl* 就不動它，把它放在在原來的位置就可以。如：

(3) **A rose** was given (to) *the girl* by the boy.

這邊同學要特別留意的是，當我們用「直接受詞」來當被動式的主詞時（如本句的 **A rose**），改寫的時候，保留在在原處的「間接受詞」（如本句的 *the girl*）前，通常會補上與該授與動詞搭配的介系詞（如本句的授與動詞是 give，跟它搭配使用的介系詞就是 to），當然，這個介系詞也能

省略，只不過習慣上都會把它還原，所以這些常用的跟授與動詞搭配的介系詞一定要牢記，才能說出一口不僅正確而且道地的英語。

附註：雖說第四句型主動語態改寫成被動語態時有兩種改寫方式，不過，除特別強調原主動語態的「直接受詞」（也就是「授與的事物」）外，大部分的第四句型被動式都是用原主動語態的「間接受詞」（也就是「授與的對象」）來當主詞，所以，就本節的例句而言，例(2)會比例(3)較爲常見。我們再舉一例說明：

(4) ┌ 主動：Tom <u>bought</u> *May* **a necklace**.
│　　　（Tom 買了條項鍊給 *May*。）
│
├ 被動（以間接受詞當主詞）：*May* <u>was bought</u> **a necklace** by
│　　　　　　　　　　　　　　　Tom.
│
└ 被動（以直接受詞當主詞）：**A necklace** <u>was bought</u> (for)
　　　　　　　　　　　　　　　May by Tom.

5.5 第五句型（S + V + O + C）

用在本句型的動詞都是<u>不完全</u>、<u>及物</u>動詞，因爲不完全，需要補語，因爲及物，得接受詞，也就是說，除了主詞、動詞、受詞外，還得有補充說明受詞的「受詞補語」，這句子才算完整。同學先看下列這句：

(1) The news <u>made</u> **them**.（？）
　　（這消息做了他們。）

有聽沒有懂，對不？，因爲這句子雖有主詞 The news、動詞 made、受詞 them，但句意並不完整。再看下列這句：

(2) The news <u>made</u> **them** *excited*.

（這消息讓他們感到興奮。）

我們在句尾再補上轉做形容詞用的過去分詞 *excited*，有了這個字做受詞補語，補充說明受詞的狀況，句意才明朗，這句子才算完整。同學再比較下列這兩句：

(3) They <u>named</u> **the newborn baby**.

（他們給新生嬰兒取了名。）

(4) They <u>named</u> **the newborn baby** *Amy*.

（他們給新生嬰兒取名為 Amy。）

例(3)與例(4)都是句意完整、文法正確的句子。仔細觀察，這兩句幾近相同，就差在例(4)的句尾多了一個專有名詞 *Amy* 做受詞補語。這裡，我又要再次強調我們提過的重要觀念，也就是，英文裡有很多動詞都非專屬某種句型的，就像上述二例的動詞 name，能用在第三句型如例(3)，也能用在第五句型如例(4)的。

看到這裡，同學下一個問題大概是：「那麼，到底有哪些動詞能用在第五句型呢？」其實，可以當<u>不完全、及物動詞</u>，也就是可以用在第五句型的動詞極容易從句意看得出來（如上例，還有底下各例句，同學們可以仔細觀察、體會）；如果是自己下筆造句，別慌，我會在本句型末了再給各位來段口訣，大家只要把口訣記下來，常用的<u>不完全、及物動詞</u>大多囊括在內了。好啦！「動詞」部分交代清楚了；「受詞」的概念我們在第 5.3 節（第三句型）裡講得很多，不再贅述；至於「補語」，我們在第 5.2 節（第二句型）裡也已詳細介紹過，相異處只在於第二句型出現的是「主詞補語」，而本句型需要的是補充敘述、或說明受詞的「受詞補語」，現

在，我們就先用受詞補語來分類，開始介紹第五句型囉！

5.5.1 名詞做受詞補語

用<u>名詞</u>來補充敘述、或說明做受詞的名詞，如：

(1) We <u>chose</u> **her** *chairperson.*
（我們選她當主席。）

這裡有兩個地方要請同學注意，首先，用來做補語的名詞如果指的是「僅能由一個人擔任的職務」時，這個名詞前不加冠詞的，就像本句的受詞補語 *chairperson*，雖是普通名詞，按理講前面應該要有冠詞，因為英文的普通名詞是永遠不可能以<u>單數形</u>單獨存在於句中的（冠詞使用應注意事項請參閱第一章第1及2節），但這是例外，句中 *chairperson*（主席）雖是普通名詞，惟主席一職是「僅能由一個人擔任的職務」，前即無冠詞。主詞補語亦同，如：

Mr. Chang is *principal* of this school.
（張先生是本校的校長。）

主詞補語 *principal* 前沒有冠詞，因為校長一職是「僅能由一個人擔任的職務」。

另外，動詞 choose 用在第五句型時，也有人會在受詞後先補上 to be 或 as，再接受詞補語，所以例(1)也能寫成：

(2) We <u>chose</u> **her** <u>to be</u> *chairperson.*
We <u>chose</u> **her** <u>as</u> *chairperson.*

我們繼續往下看其它例句：

(3) Why should they <u>elect</u> **him** *mayor*?

（他們爲什麼要選他爲市長呢？）

擔任受詞補語的名詞 *mayor*（市長）爲「僅能由一個人擔任的職務」，前面可千萬別加冠詞；此外，本句動詞 <u>elect</u> 用在第五句型時，與例(1)的動詞 choose 用在第五句型相似，也能在受詞後先補上 to be 或 as，再接受詞補語，所以例(3)也能寫成：

(4) Why should they <u>elect</u> **him** <u>to be</u> *mayor*?
Why should they <u>elect</u> **him** <u>as</u> *mayor*?

(5) The parents <u>named</u> **their first son** *Tom*.

（這父母給他們的長子取名爲 *Tom*。）

(6) She <u>called</u> **him** *a liar*.

（她稱他爲騙子。）

(7) Portuguese sailors in 16 century <u>dubbed</u> **Taiwan** *Formosa*.

（16 世紀的葡萄牙水手稱台灣爲美麗之島。）

介系詞片語 in 16 century 可視爲形容詞片語，修飾其前的主詞 Portuguese sailors。

(8) Her father will <u>make</u> **her** *a lawyer*.

（她的父親要栽培她當律師。）

動詞 <u>make</u> 用在第五句型，受詞補語是名詞時，中譯一定要靈活，本句我們是譯做「栽培」，但下句可不能如法泡製：

(9) I <u>made</u> **him** *my assistant.*
（我雇用他當我的助理。）

這句就應譯爲「雇用」或「聘請」之類的用語，才合乎常理。

(10) They <u>considered</u> **the deserter** *a traitor.*
（他們認爲這位脫黨者是叛徒。）

5.5.2 形容詞做受詞補語

形容詞的任務就是修飾名詞，所以用<u>形容詞</u>來補充敘述、或說明做受詞的名詞，再恰當不過，如：

(1) They <u>think</u> **her** *clever.*
（他們認爲她聰明。）

(2) We <u>believed</u> **the man** *dead.*
（我們相信這男人已死亡。）

(3) She <u>wanted</u> **her coffee** *black.*
（她要的咖啡是黑的；即不加牛奶或糖的。）

(4) Cold weather <u>turns</u> **maple leaves** *red.*
（冷天把楓葉變紅。）

(5) Tina <u>painted</u> **the wall** *pink.*
（Tina 把牆漆成粉紅色。）

(6) The noise from the construction site almost <u>drove</u> **me** *crazy.*
（建築工地傳來的噪音幾乎把我給逼瘋了。）

介系詞片語 from the construction site 是做形容詞用，修飾前面的主詞 The noise。

5.5.3 不定詞做受詞補語

不定詞在句子裡不但可以充當<u>名詞</u>，也能做<u>形容詞</u>用，因此，自然也能在句子裡擔任受詞補語這個角色，這部分我們在第二章第 3.1.5 節（p. 52）已討論過，我們再舉幾個例子：

(1) He <u>warned</u> **me** not *to lose* my temper with her.
　　（他警告我不要對她發脾氣。）

　　帶有受詞 my temper 及副詞修飾語 with her 的否定不定詞片語 not *to lose* my temper with her，就是做受詞 **me** 的受詞補語。

(2) We <u>judged</u> **her** (*to be*) very *smart*.
　　（我們認為她很聰明。）

　　不定詞 *to be* 能省略，直接把形容詞 *smart* 當做受詞補語即可。此外，動詞 judge 用在第五句型時，多譯為「認為，視為」，而非常見的「審判；評審」之意。

(3) The result <u>has proved</u> **our strategy** (*to be*) correct.
　　（結果證明我們的策略是正確的。）

　　同上例，不定詞 *to be* 也可以省略，可直接把形容詞 correct 當做受詞補語。

(4) She <u>forbade</u> **me** *to tell* him the truth.
　　（她不許我告訴他實情。）

　　做受詞補語的不定詞片語 *to tell* him the truth 為第四句型結

構，其中的代名詞 him 爲間接受詞，而名詞 the truth 則爲直接受詞，同學們可趁機再複習一下。

(5) Stephanie <u>has persuaded</u> **her husband** *to change* his mind.
（Stephanie 已經說服她先生改變主意了。）

帶有受詞 his mind 的不定詞片語 *to change* his mind 就是擔任受詞 **her husband** 的受詞補語。

(6) The conservatives <u>thought</u> **him** *to belong* to the radical group.
（保守派人士認爲他是這個激進團體的一分子。）

帶有副詞修飾語 to the radical group 的不定詞片語 *to belong* to the radical group，做受詞 **him** 的受詞補語。另外還有一點要注意的就是，動詞 think 用在第五句型，後接不定詞做受詞補語時，這個不定詞必須是來自表「狀態」的動詞（有別於「動作」），如本句的不定詞 *to belong*（屬於，歸屬）就是表「狀態」，我們再舉一例：

(7) We <u>think</u> **her** *to want* for nothing.
（我們認爲她什麼都不缺。）

帶有副詞修飾語 for nothing 的不定詞片語 *to want* for nothing，也是表「狀態」，自然就能在本句做受詞補語。還有，不定詞片語 *to want* 是來自<u>不及物</u>動詞 want，表「缺少、匱乏」，而不是常見的<u>及物</u>動詞 want（「要；希望」之意），這點不可不察。

(8) The powerful advertising <u>convinced</u> **customers** *to buy* almost everything.
（這則強而有力的廣告說服了顧客幾乎把所有東西囊括一空。）

帶有受詞 almost everything 的不定詞片語 *to buy* almost everything，做受詞 **customers** 的受詞補語。

(9) Please <u>remine</u> **me** *to meet* with David tonight.
（請提醒我今晚要與 David 會面。）

帶有副詞修飾語 with David 及時間副詞 tonight 的不定詞片語 *to meet* with David tonight，做受詞 **me** 的受詞補語。

附註：由於不定詞在句子裡可充當名詞，因此有部分人士認為本節的句型應屬第四句型，受詞後面的不定詞應當是直接受詞。其實，我倒覺得持什麼看法並不是很重要，畢竟，學習句型結構的目的並不是在句型結構本身，而是在於實用，所以，管它是直接受詞或受詞補語，會用才是王道啦！

5.5.4 不帶 to 的不定詞做受詞補語

句中動詞如果是使役動詞 <u>make</u>、<u>have</u>、<u>bid</u>、<u>let</u>，其後做受詞補語的不定詞必須用<u>不帶 to</u> 的不定詞（即原形不定詞）；如果是「半使役動詞」<u>help</u>，之後的不定詞也可用<u>不帶 to</u> 的不定詞；如果是感官動詞，做受詞補語的不定詞亦可用<u>不帶 to</u> 的不定詞，這時，說話者強調的是事實，常暗指主詞在感受到（看到、聽到…等）受詞正在做某事或正發生某事時，有全程感受到，同學待會兒看底下例句時可細細體會。（有關<u>不帶 to</u> 的不定詞做受詞補語部分，我們在第 79 頁的第二章第 3.7 節已經詳細討論過，此外，在第 52 頁的第二章稍前的第 3.1.5 節也有說明，同學可再回頭參閱。）我們在此再舉些例子：

(1) The manager <u>made</u> **me** *work* overtime tonight.
（經理要我今晚加班。）

帶有時間副詞 overtime 及 tonight 的原形不定詞片語 *work* overtime tonight，做受詞 **me** 的受詞補語。

(2) He <u>had</u> **the mechanic** *repair* his car.
（他叫這技工修他的車。）

帶有受詞 his car 的原形不定詞片語 *repair* his car，做受詞 **the mechanic** 的受詞補語。

(3) She <u>bade</u> **him** *improve* his mind with good books.
（她吩咐他要看好書來精進心智。）

帶有受詞 his mind 及副詞修飾語 with good books 的原形不定詞片語 *improve* his mind with good books，做受詞 **him** 的受詞補語。

(4) <u>Let</u> **them** *go*.
（讓他們走吧。）

(5) Please <u>help</u> **me** *put* it on the shelf.
（請幫我把它放到架上。）

帶有受詞 it 及地方副詞 on the shelf 的原形不定詞片語 *put* it on the shelf，做受詞 **me** 的受詞補語。

(6) I <u>saw</u> **the boy** *take* an apple from the fruit stand.
（我看到這男孩從水果攤拿了一顆蘋果。）

帶有受詞 an apple 及地方副詞 from the fruit stand 的原形不定詞片語 *take* an apple from the fruit stand，做受詞 **the boy** 的受詞補語。

(7) The mother <u>watched</u> **her children** *play* in the playground.
（這母親看著她的孩子們在遊樂場玩耍。）

帶有地方副詞 in the playground 的原形不定詞片語 *play* in the playground，做受詞 **her children** 的受詞補語。

(8) We <u>listened to</u> **those people** *argue.*
（我們聽著那些人爭論。）

(9) I <u>heard</u> **somebody** *call* my name.
（我聽到有人叫我名字。）

帶有受詞 my name 的原形不定詞片語 *call* my name，做受詞 **somebody** 的受詞補語。

(10) The girl <u>felt</u> **a strange hand** *pat* hers.
（這女孩感到有隻陌生的手在輕拍她的手。）

帶有受詞 hers 的原形不定詞片語 *pat* hers（= *pat* her hand），做受詞 **a strange hand** 的受詞補語。

5.5.5 現在分詞做受詞補語

我們在第三章已充分討論過現在分詞，也知道現在分詞除了用在時態裡的進行式外，最大的功能就是轉做形容詞用，表「進行」或「主動」，因此，在句子裡自然也能做受詞補語，用得最多的場合就是在感官動詞之後了，這時，說話者強調的是主詞感受到（看到、聽到…等）的同時，受詞<u>正在</u>做某事或<u>正發生</u>某事，這與上一節提到的在感官動詞之後用不帶 to 的不定詞做受詞補語，在語意上是有些微不同的。當然，還有一些其它動詞後面也能接現在分詞做受詞補語，分別舉例說明如下：

(1) We <u>saw</u> **the boy** *running* across the street.
（我們看到這男孩跑過馬路。）

帶有地方副詞 across the street 的現在分詞片語 *running* across the street，做受詞 **the boy** 的受詞補語。

(2) She <u>looked at</u> **the sun** *setting*.
（她望著太陽落下。）

(3) He <u>observed</u> **the couple** *walking* leisurely around the park.
（他看到那對情侶在公園裡四處悠閒地散著步。）

帶有情態副詞 leisurely 及地方副詞 around the park 的現在分詞片語 *walking* leisurely around the park，做受詞 **the couple** 的受詞補語。

(4) I <u>watched</u> **the boats** *moving* along the coast.
（我看著這些船沿海岸航行著。）

帶有地方副詞 along the coast 的現在分詞片語 *moving* along the coast，做受詞 **the boats** 的受詞補語。

(5) Do you <u>smell</u> **something** *burning*?
（你聞到什麼東西在燒焦嗎？）

(6) I <u>heard</u> **them** *quarreling* over money yesterday afternoon.
（我昨天下午聽到他們為了錢在吵架。）

帶有表原因的副詞 over money 的現在分詞片語 *quarreling* over money，做受詞 **them** 的受詞補語；句末的 yesterday afternoon 則為修飾本句動詞 <u>heard</u> 的時間副詞。

(7) He could <u>feel</u> **the warm blood** *pouring* from the wound.
（他能感覺到熱血正從傷口湧出。）

帶有地方副詞 from the wound 的現在分詞片語 *pouring* from the wound，做受詞 **the warm blood** 的受詞補語。

(8) His humor <u>had</u> **us** *laughing* during the meal.
（他的幽默讓我們在席間大笑不已。）

使役動詞 have 也能在受詞後面接現在分詞做受詞補語，此時強調的是「主詞促使受詞繼續某種動作」，這與接<u>不帶 to</u>的不定詞做受詞補語略有不同，同學們可參閱上節例(2)（p.236）做一比較。本句帶有地方副詞 during the meal 的現在分詞片語 *laughing* during the meal，做受詞 **us** 的受詞補語。

(9) They <u>found</u> **a man** *lying* on the street.
（他們發現有個男人躺在街上。）

帶有地方副詞 on the street 的現在分詞片語 *lying* on the street，做受詞 **a man** 的受詞補語。另外，要特別留意動詞 find 用在第五句型時，一般做「發現，發覺」解，而非用在第三句型的「找到，尋得」，否則，把本句譯成「我找到一個躺在街上的男人」，那就就不像「話」了。

(10) She <u>left</u> **her boyfriend** *waiting* outside.
（她讓她男朋友一直在外面等著。）

帶有地方副詞 outside 的現在分詞片語 *waiting* outside，做受詞 **her boyfriend** 的受詞補語。此外，要注意的是動詞 leave 用在第五句型時，意為「聽任受詞保/維持某種狀態」，而非用在別種句型的「離開」或「遺留」等解釋，所以用在第五句型時大多譯成「聽任，讓，使...」等。

(11) He never <u>keeps</u> **his wife** *staying up* for him.

（他從不讓他太太熬夜等他回來。）

帶有副詞修飾語 for him 的現在分詞片語 *staying up* for him，做受詞 **his wife** 的受詞補語。這邊要注意的是，動詞 keep 用在第五句型時，其意為「讓受詞保/維持某種狀態」，而不是用在別種句型的「保有，保留」，所以用在本句型時大多譯成「讓，使...」等。

(12) The teacher <u>caught</u> **him** *smoking* in the restroom.

（老師逮到他正躲在廁所偷抽煙。）

帶有地方副詞 in the restroom 的現在分詞片語 *smoking* in the restroom，做受詞 **him** 的受詞補語。這兒要特別留意動詞 catch 用在第五句型的意思，其意為「發現受詞正在做不該做的事」，而非用在別種句型的「接住」或「抓住」等，所以，用在第五句型時大多譯成「發現，活逮...」等。

5.5.6 過去分詞做受詞補語

過去分詞我們在第三章已詳細討論過，它除了用在時態裡的完成式、語態裡的被動式外，最大的功能就是轉做形容詞用，表「完成」或「被動」，所以，在句子裡自然也能擔任受詞補語的角色，用得最多的場合還是屬感官動詞，此時，說話者強調的是主詞感受到（看到、聽到...等）的同時，受詞「已/被...」了；另外，使役動詞 <u>make</u>、<u>have</u>、<u>get</u> 也常接過去分詞做受詞補語，這樣用時，這些使役動詞不見得還含有「使役」的意思，可單純用來表達受詞「被...」的含義；當然啦，除了上述動詞，還有<u>些</u>其它動詞後面也能接過去分詞做受詞補語的。這邊還要提醒同學，待會兒看底下的例句

時，也請注意中譯部分，英文裡有些被動式是無法照字面直接翻成中文的，只能意會，再依中文的語法習慣譯出，舉一例說明如下：

(1) The boy <u>heard</u> **his named** *called.*
（這男孩聽到有人叫他名字。）

總不能照字面譯成「這男孩聽到他名字被叫」吧！所以，中譯時一定要靈活，切勿拘泥。

(2) She <u>saw</u> **a man** *seated* next to her and smiling.
（她看到一個男人坐在她旁邊微笑著。）

同學們有沒有注意到本句有兩個受詞補語，分別為過去分詞 *seated* 與現在分詞 smiling，以對等連接詞 and 連接，同時做受詞 **a man** 的受詞補語。地方副詞 next to her 則是修飾過去分詞 *seated* 的修飾語。

(3) He <u>felt</u> **himself** *pushed* on the back.
（他感到有人推了他的背一下。）

帶有地方副詞 on the back 的過去分詞片語 *pushed* on the back，做受詞 **himself** 的受詞補語。

(4) The students <u>watched</u> **the experiment** *conducted.*
（學生們注意觀看實驗進行。）

同學們要特別留意這句話的涵義，句中的「實驗」並不是主詞（學生們）親自在操作，而是他人（可能是老師或助教等）在操作，因為實驗在正常的情況下不會自己主動進行，一定是「被（某人）操作/進行的」，所以受詞補語一定是過去分詞，才能表達受詞「被動」的含義。

(5) The police <u>found</u> **the suspect** *drowned* in the pond.
（警方發現這名嫌犯溺死在池塘裡。）

帶有地方副詞 in the pond 的過去分詞片語 *drowned* in the pond，做受詞 **the suspect** 的受詞補語。

(6) The tourist couldn't <u>make</u> **himself** *understood* in English.
（這位觀光客講的英文沒人聽得懂。）

字面上的意思是這位觀光客在講英文時，沒有辦法使他自己「被」他人了解，所以，受詞補語當然也得是過去分詞，才能表示受詞「被動」的含義。另外，表語言的副詞修飾語 in English 則是用來修飾本句整個動詞片語 couldn't <u>make</u> **himself** *understood* 的。

(7) I will <u>have</u> **my hair** *cut* tomorrow.
（我明天要去理髮。）

時間副詞 tomorrow 用來修飾本句整個動詞片語 will <u>have</u> **my hair** *cut*。

(8) She <u>got</u> **her car** *washed* yesterday.
（她昨天把車洗了。）

有時礙於語法，甚至連中譯都無法精準譯出說話者的意思，這時，就得靠意會了，如這句話的中譯，恐怕無法看出到底是誰洗的車，但就英文而言，因為本句是用過去分詞 *washed* 做受詞 **her car** 的受詞補語，已充分表示受詞是「被...」的，因此，可以斷定主詞並非親自洗車，而是由他人代洗或送到洗車場「被」洗的，此點不可不察；另外，時間副詞 yesterday 則是用來修飾本句整個動詞片語 <u>got</u> **her car** *washed*。

(9) I <u>want</u> **the work** *done* by next week.
（我要這工作在下週前做完。）

時間副詞 by next week 修飾做受詞補語用的過去分詞 *done*，整個過去分詞片語 *done* by next week 做受詞 **the work** 的受詞補語。當然，受詞（這工作）也不是主詞自己做，而是「被」他人做的。

(10) The little girl didn't <u>like</u> **the cake** *shared* with her sisters.
（這小女孩不喜歡與她的姐妹分享這塊蛋糕。）

帶有副詞修飾語 with her sisters 的過去分詞片語 *shared* with her sisters，做受詞 **the cake** 的受詞補語。

(11) The teacher <u>wishes</u> **the reports** *handed in* by next Monday.
（老師希望這些報告在下週一前繳交。）

帶有時間副詞 by next Monday 的過去分詞片語 *handed in* by next Monday，做受詞 **the reports** 的受詞補語。當然，句中的「這些報告」也不是主詞（老師）要繳交的，而是「被」這位老師的學生們繳交上來的。

(12) I will <u>keep</u> **you** *informed* of her progress.
（我會持續讓你知道她的進度。）

帶有副詞修飾語 of her progress 的過去分詞片語 *informed* of her progress，做受詞 **you** 的受詞補語，來表示受詞（你）會「被」持續告知她的進度。

(13) You must <u>leave</u> **the door** *locked* at all times.

（你必須隨時把門鎖上。）

時間副詞 at all times 修飾做受詞補語用的過去分詞 *locked*，整個過去分詞片語 *locked* at all times 做受詞 **the door** 的受詞補語，來表達受詞（門）是「被」鎖上的。

5.5.7 介系詞片語做受詞補語

基本上，在本句型裡，除了極少數例外（如第 5.5.1 節例(2)所用動詞 choose (p. 230)及例(4)動詞 elect (p. 231)），受詞與受詞補語之間是不需要任何介系詞的，但是有一小部分動詞卻必須在受詞與受詞補語之間再添加介系詞「as（當作，作為）」或「for（當作，視為）」，分述如下：

5.5.7.1 表「視 A 為 B」的常見動詞

為方便起見，我們先設受詞為 A，受詞補語為 B，下列三個常見的動詞單字（see、view、regard）及三個動詞片語（think of、refer to、look on/upon）中，任何一個與介系詞 as 合用，形成「see A as B」（我們舉動詞 see 為例）時，都可用來表示「視 A 為 B，認為 A 是 B」的含義，如：

(1) We <u>see</u> **her** *as an artist.*

（我們認為她是位藝術家。）

(2) I don't <u>view</u> **his stubbornness** *as a defect.*

（我不會把他的頑固視為缺點。）

(3) They <u>regard</u> **the strict teacher** *as a devil.*

（他們把這位嚴屬的老師視為惡魔。）

雖然按文法規定，介系詞後必須接受詞，但是動詞 regard
用在此一句型裡時，也見過介系詞 as 後接形容詞的，如：

(4) We <u>regard</u> **the lady** *as respectable.*
（我們認為這位女士是值得尊敬的。）

介系詞 *as* 後接形容詞 *respectable*（值得尊敬的，品行端正
的），做受詞 **the lady** 的受詞補語。至於為什麼介系詞在這
裡可以接形容詞，有人說是介系詞 as 後面省略了原有的
being，也就是介系詞 as 原來是接動名詞 being 當受詞的，
有了 being 後，自然就能接形容詞做補語了（這部分如有
不明瞭的可參閱第 23 頁的第二章動狀詞第一節的說明）；
也有人把它當慣用語來看，認為習慣是優於文法的；我倒
覺得怎麼來的不重要，記住它的用法最要緊，畢竟，學習
文法的目的並不在文法本身，而是實用，不是嗎？

(5) They <u>thought of</u> **milk** *as a luxury.*
（他們認為牛奶是一種奢侈品。）

如同動詞 regard，動詞片語 think of 用在此一句型裡時，也
看過介系詞 as 後接形容詞的，如：

(6) She <u>thought of</u> **his words** *as rough.*
（她認為他的話很粗鄙。）

介系詞 *as* 後面直接就接了形容詞 *rough*（粗暴的，粗鄙
的），做受詞 **his words** 的受詞補語。至於為何能如此用，
同例(4)說明，就不再討論了。

(7) They <u>referred to</u> **her** *as a scholar.*
（他們稱她為學者。）

(8) We <u>looked on/upon</u> **the challenge** *as a door* of opportunity.
（我們把這項挑戰視為一道機會之門。）

句尾的介系詞片語 of opportunity 在此當形容詞用，後位修飾前面的名詞 *a door*。

5.5.7.2 其它常見在受詞與受詞補語之間須添加介系詞 as 的動詞

(1) I <u>know</u> **him** *as a man* of integrity.
（我知道他是個正直的人。）

句末的介系詞片語 of integrity 為修飾其前的名詞 *a man* 的形容詞片語。此外，必須一提的是，當動詞 know 與介系詞 as 合用時，大多用在被動語態，形成「be known as...」的形式，用來表示主詞「以...為人所知，以...聞名」之意，這時，介系詞 as 後接的補語多為表「身分、地位、職稱」的名詞，如：

She <u>is known as</u> an academician of Academia Sinica.
（她以中研院院士聞名；即她是位著名的中研院院士。）

(2) Neighbors <u>described</u> **Mrs. Leath** *as a religious woman*.
（鄰居們都說 Leath 太太是位虔誠的女人。）

動詞 describe 用在此一句型時，也見過介系詞 as 後接形容詞的，如：

(3) They <u>described</u> **her ideas** *as highly original*.
（他們說她的點子很有創意。）

介系詞 *as* 後接帶有程度副詞 *highly* 的形容詞 *original*（原創的，有創意的），做受詞 **her ideas** 的受詞補語。

(4) He <u>recognized</u> **the deal** *as a wrong decision.*
（他承認這筆交易是個錯誤的決策。）

動詞 recognize 用在本句構時，它的中譯萬不可拘泥，一定要依情境靈活調整，例如下句，就可譯為「公認」：

(5) We <u>recognize</u> **him** *as one* of the greatest football players in our state.
（我們公認他是本州最了不起的橄欖球球員之一。）

介系詞片語 of the greatest football players 為修飾其前擔任受詞補語之不定代名詞 *one* 的形容詞片語，而句末的介系詞片語 in our state 則可視為修飾本句動詞 <u>recognize</u> 的地方副詞。

(6) The victim <u>identified</u> **the man** *as one* of the robbers.
（受害者認出這男人是搶匪之一。）

句尾的介系詞片語 of the robbers 在此當形容詞用，後位修飾前面擔任受詞補語的不定代名詞 *one*。

(7) The politician <u>dismissed</u> **the post** on the Internet *as fake news.*
（這政客將這篇網路上的貼文斥為假新聞。）

介系詞片語 on the Internet 為修飾受詞 **the post** 的形容詞片語；此外，動詞 dismiss 用在本句構時，往往含有「將受詞視為/看作...（補語）而置之不理或嗤之以鼻」的含義，如本句字面意思即為「將網路上的貼文視為/看作假新聞而置之不理或嗤之以鼻」，當然，同學們在中譯時可酌情增減，按中文語法通順譯出即可。

(8) We must <u>treat</u> **this question** *as a serious issue.*

（我們必須把這問題視爲一項嚴肅的議題。）

動詞 treat 用在此一句型時，通常表「將受詞當作/視爲…（補語）」之意；此外，也見過介系詞 as 後接形容詞的，如：

(9) Locals <u>treat</u> **this thousand-year-old tree** *as holy.*

（當地人視這顆千年老樹爲神聖不可侵犯的。）

介系詞 *as* 後接形容詞 *holy*（神聖的，聖潔的），做受詞 **this thousand-year-old tree** 的受詞補語。

5.5.7.3 在受詞與受詞補語之間須添加介系詞 for 的動詞

(1) She <u>took</u> **him** *for her boyfriend.*

（她當他是她男朋友。）

動詞 take 用在第五句型表「當作，視爲」時，也有人會用 to be 取代 for，所以例(1)也能寫成：

(2) She <u>took</u> **him** *to be her boyfriend.*

另外，動詞 mistake 也常用在第五句型表「把…錯爲，將…誤爲」，如：

(3) I <u>mistook</u> **the jujube fruit** *for a green apple.*

（我把這顆棗子錯看爲青蘋果了。）

(4) People <u>know</u> **this place** *for its beautiful scenery.*

（人們知道此地的景色優美。）

動詞 know 與介系詞 for 合用時，常用在被動語態，形成「be known for…」的形式，用來表示主詞「以…爲人所

知，以...聞名」之意，這時，介系詞 for 後接的補語多為表「特色、特徵」的名詞，所以在日常用語裡，例(4)通常會以下句來表示：

This place is known for its beautiful scenery.
（此地以景色優美為人所知；即此地以景色優美聞名。）

同學們一定要特別留意此處「be known for...」與上節例(1)內「be known as...」（p. 246）語義上的差異，這兩個常見的用法中譯相同（都是「以...為人所知，以...聞名」之意），但是表達的內容卻不同，為慎重起見，我們再舉兩例，請大家務必要細心體會它們之間的相異處：

She is known as a great artist.
（她是位遠近馳名的大藝術家。）

Her works are known for her unique creativity.
（她的作品以她獨特的創意聞名。）

5.5.8 附加句構

第五句型的句子除了以標準句構（S + V + O + C）出現外，還有兩種常見的附加句構，分述如後：

5.5.8.1 須使用「虛受詞」的句構

當受詞為「不定詞」或「由連接詞 that 引導的名詞子句」時，必須用代名詞「it」代替這個不定詞或名詞子句放在受詞的位置（這個代名詞「it」我們稱為「虛受詞」或「假受詞」），再把真正的受詞放在受詞補語的後面，形成「S + V + it + C + 不定詞/名詞子句」的結構。為何要如此做呢？道理很簡單，不管是不定詞或名詞子句做受詞，一定都是兩個字以上的字

群，如果字少還好，萬一是一大串字，講完受詞再講補語，聽的人恐怕無法一次就聽明白，得再回頭想想，才能弄懂全句的含義，如：

(1) I <u>think</u> **that he will come to my birthday party** *impossible.*（？）
（我認為他來參加我的生日派對是不可能的；亦即，我認為他不可能來參加我的生日派對。）

本句是按照第五句型的標準句構（S + V + O + C）來寫句子，動詞 <u>think</u> 後面直接就接了名詞子句 **that he will come to my birthday party** 做受詞，再接形容詞 *impossible* 做受詞補語。如果這麼說話，聽者順著字序聽到受詞（名詞子句）時（也就是 I <u>think</u> **that he will come to my birthday party** … ），當下的反應絕對會認為說者的意思是「我認為他會來參加我的生日派對」，沒想到又冒出形容詞 *impossible*，這時聽者恐怕得再重新整理思緒，才能弄懂說者的意思了。有鑑於此，乾脆就先以「S + V + it + C」的結構，把全句的主要含義一氣呵成表達清楚，如：

(2) I <u>think</u> **it** *impossible.*
（我認為這件事是不可能的。）

然後再把真正的受詞放到句末，形成：

(3) I <u>think</u> **it** *impossible* **that he will come to my birthday party**.
（我認為他來參加我的生日派對是不可能的；亦即，我認為他不可能來參加我的生日派對。）

好了，知道原委了後，我們就先來看受詞為「不定詞」的例句：

(4) She <u>considered</u> **it** *better* **not to see him.**

（她認為不要見他比較好。）

(5) I <u>thought</u> **it** *strange* **for her to be in love with him.**

（我認為她會跟他談戀愛這事兒挺奇怪的。）

這邊要提醒同學，本句的眞受詞，也就是不定詞片語 **for her to be in love with him**，可是包含了意義上的主詞 **for her** 的（如果忘了，趕緊再回頭看一下第 70 頁的第二章第 3.4.2 節），千萬可別把它給遺漏了。

(6) The single parent <u>found</u> **it** *difficult* **to make both ends meet.**

（這位單親家長發覺要維持收支相抵很難。）

不定詞片語 **to make both ends meet** 爲一常見慣用語，爲「收支相抵，免強維持生計」之意。

(7) The old man <u>makes</u> **it** *a rule* **to go jogging in the early morning.**

（這老人有清晨慢跑的習慣。）

按英文字序本應譯爲「這老人讓清晨慢跑成爲一種規則」，當然，如此譯法自然不像「話」，得稍微調整如上譯，大家才聽得懂。

(8) I don't <u>believe</u> **it** *right* **to cheat in an examination.**

（我不相信考試作弊是對的。）

本句的中譯可依英文字序如上，也可翻爲「我相信考試作弊是不對的。」其實，後者的翻法（我相信...）應該較符合中文語法習慣，不過，近來西風東漸，翻成前者（我不相信...）也大有人在就是啦！

接下來，我們再看受詞爲「名詞子句」的例句：

(9) We often <u>hear</u> it *said* **that the phases of the moon influence our emotions**.

（我們常聽說月亮的盈虧會影響我們的情緒。）

(10) The president <u>made</u> it *known* **that she would not change the policy**.

（總統宣佈她不會改變這項政策。）

本句中譯切不可照英文字序直譯成「總統讓她不會改變這項政策這事爲眾人所知」，這樣翻譯，旁人得腦筋急轉彎才聽得懂，所以，這類句構在中譯時，一定要靈活調整，才不會說出貽笑大方的「英式中文」出來。

(11) She <u>took</u> it *for granted* **that her husband would come home for Christmas**.

（她認爲她先生會回家過耶誕是理所當然的。）

動詞片語「take ... for granted」（視...爲理所當然）爲常見的慣用語，一定要熟記，至於這個用法裡，充當受詞補語的 for granted 爲什麼是介系詞加過去分詞的結構，它的緣由已不可考，同學們也毋需理會，把用法記下來就可以了，畢竟，實用才是最重要的。

5.5.8.2 受詞與補語換位的句構

第二種常見的附加句構是受詞與補語互調位置，也就是先補語，再受詞，形成「S＋V＋C＋O」的結構。會這樣用的第一種場合，多半是說話的人特別強調補語，想急著先說出補語時，如：

(1) The man <u>pushed</u> *shut* **the door** with his right foot.

（這男人用右腳把門推上關起來。）

過去分詞 *shut* 轉做形容詞用，做受詞 **the door** 的受詞補語。會這麼說，是因為說者想強調這整件事的結果，也就是門已關上了，所以先說補語 *shut*，再說受詞 **the door**。當然，如果沒特別強調受詞補語，也能用第五句型的標準句構（S＋V＋O＋C）來講的，如：

(2) The man <u>pushed</u> **the door** *shut* with his right foot.

句尾的介系詞片語 with his right foot 在此當副詞用（表「工具」），修飾動詞 <u>pushed</u>。再看一例：

(3) She <u>cut</u> *open* **the envelope** with a letter opener.

（她用拆信刀把信封拆開來。）

形容詞 *open*，做受詞 **the envelope** 的受詞補語。當然啦，如果沒特別強調受詞補語，自然也能用第五句型的標準句構（S＋V＋O＋C）來說的，如：

(4) She <u>cut</u> **the envelope** *open* with a letter opener.

不過，例(3)要比例(4)常見得多，道理很簡單，拆信的目的不就是要把信拆「開」來嗎？所以「拆」字後面緊跟到「開」，再自然不過了，（中文不也是這麼說的嗎？）另外，句末的介系詞片語 with a letter opener 在本句也是充當表「工具」的副詞，修飾動詞 <u>cut</u>。

此外，當受詞太長（也就是修飾語太多），而受詞補語較簡短時，也會使用這種「S＋V＋C＋O」的句構，如：

　　　　　　　　第四章、句型結構

(5) The government <u>made</u> *public* **the new economic revival policy**.
（政府公佈了新的經濟復甦政策。）

由於做受詞的名詞片語 **the new economic revival policy** 太長了（在這個名詞片語裡，主角當然是名詞 **policy**，前面的 **the new economic revival** 都是它的修飾語），而受詞補語只有一個字，也就是形容詞 *public*，這種情況，幾乎都是採「S＋V＋C＋O」的句構，不會用第五句型的標準句構（S＋V＋O＋C）來說，同學可以試看下句：

(6) The government <u>made</u> **the new economic revival policy** *public*.
（？）

如果這麼說（也就是按照第五句型的標準句構「S＋V＋O＋C」來說話），聽這話的人挨著字序聽到受詞時（也就是 The government <u>made</u> **the new economic revival policy**... ），當下應該會認為說話的人說的是「政府制定了新的經濟復甦政策」，結果又蹦出形容詞 *public*，這時後，聽的人得清空腦袋，重新整理這些語料，才能搞清楚說者的意思。所以，碰到受詞太長，受詞補語較簡短時，都會使用「S＋V＋C＋O」句構的，我們再看一例：

(7) The teacher <u>made</u> *clear* **the meaning of the sentence that contained an adjective clause**.
（老師清楚地解釋了這個含有形容詞子句的句子的含義。）

做受詞補語用的形容詞 *clear* 得先說，因為受詞 **the meaning of the sentence that contained an adjective clause** 實在太長了（主角是名詞 **meaning**，前有定冠詞 **the**，後面先跟到一個充當形容詞用的介系詞片語 **of the sentence** 修飾它，其後又

有一個形容詞子句 **that contained an adjective clause** 後位修飾其前的名詞 **sentence**），如果此句以第五句型的標準句構「S＋V＋O＋C」來呈現，恐怕沒人聽得懂。

(8) Jane <u>made</u> *known* to the whole class **the secret that she had promised to keep.**

（Jane 把她原先答應要保守的祕密透露給全班了。）

過去分詞 *known* 轉做形容詞用，做受詞 **the secret that she had promised to keep** 的受詞補語。由於這個受詞相當長（除了主角 **the secret** 外，後面還帶了個形容詞子句 **that she had promised to keep**），如果先說它，再說受詞補語，大概很難一下就聽懂。另外，介系詞片語 to the whole class 在此是充當地方副詞用，修飾過去分詞 *known*，表「被全班知道」之意。

5.5.9 被動語態

和第三、第四句型一樣，第五句型有受詞，同樣也會有被動語態，而且，就句構而言，第五句型改成被動式後，就成了第二句型的句子了，同學請先看下列式子：

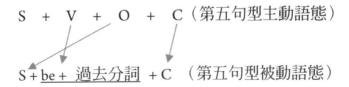

S ＋ V ＋ O ＋ C（第五句型主動語態）

S＋<u>be</u>＋ <u>過去分詞</u> ＋C （第五句型被動語態）

當我們把第五句型主動語態改為被動語態時，原來主動式裡的受詞變成被動式的主詞；原來主動式裡的動詞在被動式裡改寫成 <u>be</u>＋<u>過去分詞</u>所形成的動詞片語；而原來主動式裡的受詞補語在改寫成被動式時位置不變，還是放在 <u>be</u>＋<u>過去分</u>

詞所形成的動詞片語後面，此時，它就順理成章成了主詞補語了（因爲我們只是改寫句子的語態，句子的句意是不變的。在主動式裡，受詞補語是用來補充說明受詞，改寫成被動式後，原受詞變主詞了，原受詞補語當然就成爲主詞補語，用來補充說明主詞，如此，句意才不會改變。）；另外，原來主動式裡的主詞在被動式裡應成爲介系詞 by 的受詞放在動詞片語後面（或句末），但很多被動式的句子都見不到這個介系詞片語的，在下列各例句中，如同學未見此一介系詞片語而不明就裡時，可回頭參閱第 5.3.7 節（p. 208），應該就明白箇中道理了。我們就先舉一例說明：

(1) They <u>named</u> **the baby** *Tommy*.
   （他們給這嬰兒取名爲 *Tommy*。）

   再將本句從主動語態改爲被動語態：

(2) **The baby** <u>was named</u> *Tommy*.
   （這嬰兒被取名爲 *Tommy*。）

   例(1)與例(2)語態變了，句意不變。再仔細觀察，例(2)是不是從第五句型搖身一變成爲第二句型了？再舉一例：

(3) We <u>believed</u> **her** *alive*.
   （我們相信她還活著。）

   改爲被動語態：

(4) **She** <u>was believed</u> *alive*.
   （據信她還活著。）

   語態改變，句意不變，例(4)已從第五句型變成爲第二句型了。由於第五句型的被動語態是相當常見的句型，我們有必要詳加討論，爲方便計，我們仍以受詞補語來分類，就

拿本章第 5.5.1 節至第 5.5.7 節中的一些例句來說明，為了不麻煩同學反覆前後翻頁，這些例句會先寫在每例第一句（主動語態），第二句則為改成被動式，分述如後：

5.5.9.1 名詞做受詞補語時

(1) 主動：The parents <u>named</u> **their first son** Tom.
（這父母給他們的長子取名為 Tom。）

被動：**Their first son** <u>was named</u> Tom.
（他們的長子被取名為 Tom。）

(2) 主動：She <u>called</u> **him** a liar.
（她稱他為騙子。）

被動：**He** <u>was called</u> a liar by her.
（他被她稱為騙子。）

(3) 主動：Portuguese sailors in 16 century <u>dubbed</u> **Taiwan** Formosa.
（16 世紀的葡萄牙水手稱台灣為美麗之島。）

被動：**Taiwan** <u>was dubbed</u> Formosa by Portuguese sailors in 16 century.
（台灣被 16 世紀的葡萄牙水手稱為美麗之島。）

(4) 主動：They <u>considered</u> **the deserter** a traitor.
（他們認為這位脫黨者是叛徒。）

被動：**The deserter** <u>was considered</u> a traitor.
（這位脫黨者被認為是叛徒。）

5.5.9.2 形容詞做受詞補語時

(1) ┌ 主動：They <u>think</u> **her** *clever.*
  │   （他們認為她聰明。）
  │
  └ 被動：**She** <u>is thought</u> *clever.*
      （她被認為聰明。）

(2) ┌ 主動：We <u>believed</u> **the man** *dead.*
  │   （我們相信這男人已死亡。）
  │
  └ 被動：**The man** <u>was believed</u> *dead.*
      （據信這男人已死亡。）

(3) ┌ 主動：Tina <u>painted</u> **the wall** *pink.*
  │   （Tina 把牆漆成粉紅色。）
  │
  └ 被動：**The wall** <u>was painted</u> *pink* by Tina.
      （牆被 Tina 漆成粉紅色。）

(4) ┌ 主動：The noise from the construction site almost <u>drove</u> **me**
  │   *crazy.*
  │   （建築工地傳來的噪音幾乎把我給逼瘋了。）
  │
  └ 被動：**I** <u>was</u> almost <u>driven</u> *crazy* by the noise from the
      construction site.
      （我幾乎被建築工地傳來的噪音給逼瘋了。）

5.5.9.3 不定詞做受詞補語時

(1) ┌ 主動：He <u>warned</u> **me** not *to lose* my temper with her.
　　　　　　（他警告我不要對她發脾氣。）

　　└ 被動：**I** <u>was warned</u> by him not *to lose* my temper with her.
　　　　　　（我被他警告不要對她發脾氣。）

(2) ┌ 主動：We <u>judged</u> **her** (*to be*) very *smart*.
　　　　　　（我們認為她很聰明。）

　　└ 被動：**She** <u>was judged</u> (*to be*) very *smart*.
　　　　　　（她被認為很聰明。）

(3) ┌ 主動：Stephanie <u>has persuaded</u> **her husband** *to change* his mind.
　　　　　　（Stephanie 已經說服她先生改變主意了。）

　　└ 被動：**Stephanie's husband** <u>has been persuaded</u> *to change* his mind by her.
　　　　　　（Stephanie 的先生已被她說服改變主意了。）

改成被動式時，要注意到名詞與代名詞之間的轉換，就像這一句，改成被動語態時，由於 **her husband** 要拉來當主詞，就得趕緊把代名詞所有格 **her** 還原成名詞所有格 **Stephanie's**，形成名詞片語 **Stephanie's husband**，這樣，聽這話的人才能一開頭就聽得懂誰的先生被說服了。

(4) ┌ 主動：The conservatives <u>thought</u> **him** *to belong* to the radical group.

（保守派人士認爲他是這個激進團體的一分子。）

└ 被動：**He** <u>was thought</u> by the conservatives *to belong* to the radical group.

（他被保守派人士認爲是這個激進團體的一分子。）

5.5.9.4 不帶 to 的不定詞做受詞補語時

我們在第 5.5.4 節（p. 235）已提過，在主動語態的句子中，動詞如果是使役動詞 make、have、bid、let 時，其後做受詞補語的不定詞必須用<u>不帶 to</u> 的不定詞（即原形不定詞）；「半使役動詞」help 之後的不定詞可用<u>不帶 to</u> 的不定詞；如果是感官動詞，做受詞補語的不定詞亦可用<u>不帶 to</u> 的不定詞。然而，在談被動語態前，有兩點得先說明：

首先，並非所有的上述動詞都能改成被動式，像使役動詞 have 就不會有被動語態；使役動詞 let 及「半使役動詞」help 理論上能改爲被動語態，在日常生活裡卻極少見到它們的被動式；此外，感官動詞 feel、smell、listen to 等也鮮少有被動式。

再來，這類句子一旦改成被動式後，原來做受詞補語的<u>不帶 to</u> 的不定詞變成主詞補語，這時，這個<u>不帶 to</u> 的不定詞必須還原成<u>帶 to</u> 的不定詞。如：

(1) ┌ 主動：The manager <u>made</u> **me** *work* overtime tonight.
    │   （經理要我今晚加班。）
    │
    └ 被動：**I** <u>was made</u> *to work* overtime tonight.
           （我今晚被要求加班。）

(2) ┌ 主動：She <u>bade</u> **him** *improve* his mind with good books.
    │   （她吩咐他要看好書來精進心智。）
    │
    └ 被動：**He** <u>was bidden</u> by her *to improve* his mind with good
           books.
           （他受她之命要看好書來精進心智。）

(3) ┌ 主動：I <u>saw</u> **the boy** *take* an apple from the fruit stand.
    │   （我看到這男孩從水果攤拿了一顆蘋果。）
    │
    └ 被動：**The boy** <u>was seen</u> by me *to take* an apple from the fruit
           stand.
           （這男孩被我看到從水果攤拿了一顆蘋果。）

(4) ┌ 主動：The whole neighborhood <u>heard</u> **the couple** *quarrel* last
    │   night.
    │   （所有鄰居昨晚都聽到這對夫妻吵架。）
    │
    └ 被動：**The couple** <u>were heard</u> *to quarrel* last night by the whole
           neighborhood.
           （昨晚這對夫妻吵架所有鄰居都聽到了。）

5.5.9.5 現在分詞做受詞補語時

(1) 主動：We <u>saw</u> **the boy** *running* across the street.
（我們看到這男孩跑過馬路。）

被動：**The boy** <u>was seen</u> *running* across the street.
（這男孩被看到跑過馬路。）

(2) 主動：I <u>heard</u> **them** *quarreling* over money yesterday afternoon.
（我昨天下午聽到他們為了錢在吵架。）

被動：**They** <u>were heard</u> by me *quarreling* over money yesterday afternoon.
（他們昨天下午被我聽到為了錢在吵架。）

(3) 主動：They <u>found</u> **a man** *lying* on the street.
（他們發現有個男人躺在街上。）

被動：**A man** <u>was found</u> *lying* on the street.
（有個男人被發現躺在街上。）

(4) 主動：The teacher <u>caught</u> **him** *smoking* in the restroom.
（老師逮到他正躲在廁所偷抽煙。）

被動：**He** <u>was caught</u> *smoking* in the restroom by the teacher.
（他被老師逮到躲在廁所偷抽煙。）

5.5.9.6 過去分詞做受詞補語時

(1) 主動：She <u>saw</u> **a man** *seated* next to her and smiling.
（她看到一個男人坐在她旁邊微笑著。）

被動：**A man** <u>was seen</u> *seated* next to her and smiling.
（有個男人被看到坐在她旁邊微笑著。）

(2)　　主動：The police <u>found</u> **the suspect** *drowned* in the pond.
　　　　　　（警方發現這名嫌犯溺死在池塘裡。）

　　　　被動：**The suspect** <u>was found</u> *drowned* in the pond by the police.
　　　　　　（這名嫌犯被警方發現溺死在池塘裡。）

(3)　　主動：I will <u>keep</u> **you** *informed* of her progress.
　　　　　　（我會持續讓你知道她的進度。）

　　　　被動：**You** will <u>be kept</u> *informed* of her progress.
　　　　　　（你會持續被告知她的進度。）

(4)　　主動：You must <u>leave</u> **the door** *locked* at all times.
　　　　　　（你必須隨時把門鎖上。）

　　　　被動：**The door** must <u>be left</u> *locked* at all times.
　　　　　　（這門必須隨時鎖上。）

5.5.9.7 介系詞片語做受詞補語時

(1)　　主動：We <u>see</u> **her** *as an artist.*
　　　　　　（我們認為她是位藝術家。）

　　　　被動：**She** <u>is seen</u> *as an artist.*
　　　　　　（她被認為是位藝術家。）

(2)　　主動：They <u>thought of</u> **milk** *as a luxury.*
　　　　　　（他們認為牛奶是一種奢侈品。）

　　　　被動：**Milk** <u>was thought of</u> *as a luxury.*
　　　　　　（牛奶被認為是一種奢侈品。）

(3) ┌ 主動：I <u>know</u> **him** *as a man* of integrity.
│　　　　（我知道他是個正直的人。）
│
└ 被動：**He** <u>is known</u> *as a man* of integrity.
　　　　（他以正直之士聞名。）

(4) ┌ 主動：We <u>recognize</u> **him** *as one* of the greatest football players in
│　　　　our state.
│　　　　（我們公認他是本州最了不起的橄欖球球員之
│　　　　一。）
│
└ 被動：**He** <u>is recognized</u> *as one* of the greatest football players in
　　　　our state.
　　　　（他被公認是本州最了不起的橄欖球球員之
　　　　一。）

5.5.9.8 第五句型附加句構的被動語態

(1) ┌ 主動：I <u>thought</u> **it** *strange* **for her to be in love with him.**
│　　　　（我認為她會跟他談戀愛這事兒挺奇怪的。）
│
└ 被動：**It** <u>was thought</u> *strange* **for her to be in love with him.**
　　　　（她會跟他戀愛這事兒被認為挺奇怪的。）

(2) ┌ 主動：She <u>took</u> **it** *for granted* **that her husband would come**
│　　　　**home for Christmas.**
│　　　　（她認為她先生會回家過耶誕是理所當然的。）
│
└ 被動：It <u>was taken</u> *for granted* by her **that her husband would**
　　　　come home for Christmas.
　　　　（她先生會回家過耶誕被她認為是理所當然
　　　　的。）

(3) ┌ 主動：She <u>cut</u> *open* **the envelope** with a letter opener.
│   （她用拆信刀把信封拆開來。）
│
└ 被動：**The envelope** <u>was cut</u> *open* with a letter opener by her.
         （這信封被她用拆信刀拆開來。）

(4) ┌ 主動：The government <u>made</u> *public* **the new economic revival**
│   **policy**.
│   （政府公佈了新的經濟復甦政策。）
│
└ 被動：**The new economic revival policy** <u>was made</u> *public* by
         the government.
         （新的經濟復甦政策已由政府公佈了。）

5.5.10 常用的不完全、及物動詞（口訣）

給同學們來段口訣的時間到囉！大家只要把這口訣記下來，常用的<u>不完全</u>、<u>及物動詞</u>大多包括在內了。不過，由於這類動詞數量頗多，還是鼓勵同學們要多聽、多讀，如遇不確定，可勤查字典確認。好了，言歸正傳，這口訣就是：「選舉叫成名，當知要認讓，希令聽視覺，信持以歡發。」讓我們逐一舉例說明：

「選」擇：choose；還有與「選」音似的「宣」，如 announce（宣佈，宣告），declare（宣告，公告），分別舉例如下：

(1) I <u>chose</u> **Professor de Klerk** (*as/to be*) *my advisor*.
    （我選了 de Klerk 教授當我的指導教授。）

(2) They <u>announced</u> **Anne Chang** (*as*) *a doctoral candidate*.
    （他們宣布 Anne Chang 為博士候選人。）

第四章、句型結構

(3) The committee <u>declared</u> **Mr. Bush** *a winner* of the Nobel Prize.
（委員會宣告 Bush 先生為諾貝爾獎得主。）

句末的介系詞片語 of the Nobel Prize 是做形容詞用，修飾前面的名詞 *winner*。

「舉」用：elect（選舉；選擇），如：

(4) People <u>elected</u> **her** (*as/to be*) *President*.
（人們選她當總統。）

呼「叫」：call（稱呼為，叫做），如：

(5) She <u>called</u> **me** *a coward*.
（她叫我膽小鬼。）

「成」為：turn（變成，使成為），如：

(6) Anxiety <u>turned</u> **his hair** *gray* overnight.
（焦慮使他的頭髮一夜變白。）

時間副詞 overnight 修飾動詞 <u>turned</u>；另外，洋人較習慣用「gray（灰白）」這個字來說明頭髮變「白」了，當然，也能用 white（白色）這個字來形容髮色，只是不如 gray 常見。

命「名」：name，如：

(7) We <u>named</u> **the little dog** *Lucky*.
（我們給這隻小狗取名叫 Lucky）

「當」作：take 表「當作，視為」時，如：

(8) He <u>took</u> **her** *for his girlfriend*.
（他視她為他女朋友。）

「知」道：know，如：

(9) We <u>know</u> **her** <u>as a noble woman</u>.
（我們知道她是位高貴的女士。）

「要」：want，如：

(10) I <u>want</u> my **black tea** <u>sweetened</u>, please.
（請給我加糖的紅茶。）

「認」爲：see、view、regard、think of、refer to、look on/upon
與介系詞 as 合用表「視爲，認爲」時，如：

(11) We <u>saw</u> **her** *as a scholar*.
（我們認爲她是位學者。）

(12) He <u>viewed</u> **her remarks** *as provocation*.
（他把她的評論視爲挑釁。）

(13) She <u>regarded</u> **the mentor** *as a benefactor* in her life.
（她把這位良師視爲她生命中的貴人。）

介系詞片語 in her life 在此當形容詞用，修飾其前的名詞
benefactor。

(14) The conservatives <u>thought of</u> **him** *as an extreme radical*.
（保守派人士認爲他是位極端激進分子。）

(15) They <u>referred to</u> **her** *as a trouble maker*.
（他們稱她爲惹事生非者。）

(16) She <u>looked on/upon</u> **us** *as imbeciles*.
（她把我們當傻瓜看。）

「讓」：leave 表「聽任受詞保/維持某種狀態」時，如：

(17) Leave **the door** *open*, please.
（請讓門開著。）

「希」望：wish，如：

(18) The captive general <u>wished</u> **himself** (*to be*) *dead*.
（這位被俘的將軍但願他已死去。）

不定詞 *to be* 能省略，直接把形容詞 *dead* 當做受詞補語即可。

命「令」：這部分指的是<u>使役動詞</u> make、have、let、bid、get
表「叫，要，讓」及<u>半使役動詞</u> help 表「幫忙」
時，分別舉例如下：

(19) Dad <u>made</u> **me** *study* at home on the weekend.
（老爸要我週末在家唸書。）

地方副詞 at home 及時間副詞 on the weekend 都是修飾做補語用的原形不定詞（即<u>不帶 to</u> 的不定詞）*study*。

(20) Mom <u>had</u> **me** *wash the dishes* after dinner.
（老媽要我晚飯後洗碗盤。）

時間副詞 after dinner 修飾做補語用的原形不定詞片語（即<u>不帶 to</u> 的不定詞片語）*wash the dishes*。

(21) They <u>let</u> **Tom** *lead the way*.
（他們讓 Tom 帶路。）

(22) The teacher <u>bade</u> **the students** *hand in their homework* on Friday.
（老師吩咐學生們週五繳交功課。）

時間副詞 on Friday 修飾做補語用的原形不定詞片語（即不帶 to 的不定詞片語）*hand in their homework*。

(23) She <u>got</u> **the work** *done*.
（她把工作做完了。）

(24) He <u>helped</u> **her** *(to) sort out the old magazines*.
（他幫她整理這些舊雜誌。）

「聽」：hear（聽，聽到）與 listen（聽，傾聽），如：

(25) I <u>heard</u> **Jane** *speak* ill of Tom behind his back.
（我聽到 Jane 在 Tom 的背後講他壞話。）

情態副詞 ill（壞地，惡意地）、說明講述對象的副詞片語 of Tom、及地方副詞 behind his back，都是修飾原形不定詞（即<u>不帶 to</u> 的不定詞）*speak*。

(26) She <u>listened to</u> **him** *specify the reasons* for his objection.
（她仔細聽他詳述他反對的理由。）

介系詞片語 for his objection 在此當形容詞用，修飾前面的名詞 *reasons*。

「視」：see（看，見），watch（看，注視），observe（看，觀察），notice（看到，注意到），look（看，望）等感官動詞，分別舉例如下：

(27) I <u>saw</u> **them** *walking* hand in hand in the park last night.
（我昨晚看到他們手牽著手在公園散步。）

副詞片語 hand in hand 及 in the park 都是修飾做補語用的現在分詞 *walking*，而時間副詞 last night 可視為修飾動詞 <u>saw</u> 的修飾語。

(28) The mother <u>watched</u> **her children** *play* in the playground.
（這位母親看著她的小孩們在遊樂場玩耍。）

地方副詞 in the playground 為修飾做補語用的原形不定詞（即<u>不帶 to</u> 的不定詞）*play*。

(29) The teacher <u>observed</u> **the students** *conducting an experiment* in chemistry
（老師觀察學生們做著化學實驗。）

介系詞片語 in chemistry 在本句可視為修飾名詞 *experiment* 的形容詞片語。

(30) Did you <u>notice</u> **him** *cheating* in the examination?
（你有沒有注意到他考試時作弊？）

時間副詞 in the examination 修飾做補語用的現在分詞 *cheating*。

(31) She <u>looked at</u> **the clouds** *drifting* across the sky.
（她望著浮雲飄過天空。）

地方副詞 across the sky 是修飾做補語用的現在分詞 *drifting*。

感「覺」：feel，如：

(32) He <u>felt</u> **his heart** *beat* faster.
（他感覺他的心跳加快了。）

相「信」：believe，如：

(33) We <u>believe</u> **her** *innocent*.
（我們相信她是無辜的。）

保「持」：keep 表「使受詞保/維持某種狀態」時，如：

(34) The singing of the nightingales <u>kept</u> **them** *awake* all night.
（夜鶯的歌聲讓他們徹夜未眠。）

介系詞片語 of the nightingales 爲修飾主詞 singing 的形容詞片語；而句尾的時間副詞 all night 則可視爲修飾本句動詞 <u>kept</u> 的修飾語。

「以」爲：consider、think 表「以爲，認爲」時，如：

(35) People <u>consider</u> **her** *a great essayist.*
（人們認爲她是位偉大的散文作家。）

(36) She <u>thought</u> **her husband** *very selfish.*
（她認爲她丈夫很自私。）

喜「歡」：like，如：

(37) She <u>liked</u> **her tea** *strong.*
（她喜歡喝濃茶。）

「發」覺/現：find，如：

(38) The jury *found* **him** *guilty.*
（陪審團認爲他有罪。）

第五章、結語

1. 撥雲見日

同學們還記得我們在第四章第 1 節「前言」（p. 143）開頭提到的兩個又臭又長、沒有附中譯、也未詳細分析的例句嗎？該是撥雲見日的時刻啦！我們先把第一句原封不動列出如下：

(1) The song "Somewhere over the Rainbow" can surely soothe the fear, anxiety, and anger brought about by the killing spree happening on the MRT in Taipei and the shooting rampage taking place on the Santa Barbara campus of the University of California.

先概略說一下本句的背景故事：2014 年 5 月 21 日下午，有名 21 歲本國籍男子（唯恐觸景傷情，該男子名字就不提了）在台北捷運列車上持刀隨機殺人，造成 4 死 24 傷，該男子遭逮捕後被判處死刑，於 2016 年 5 月 10 日伏法。另，同年 5 月 23 日晚間，有名 22 歲兼具美籍與英籍白人男子（名字也不提啦），在美國加州大學聖塔芭芭拉校區（University of California, Santa Barbara）因心理失調，持槍、刀隨意殺人，造成 7 死 14 傷，該男子隨即在警方圍捕中自戕身亡。

這兩起殺人事件在兩地都引起極大的震撼，台北就不提了，同學們如有興趣，想多了解當時社會的氛圍，可自行上網搜

索。而遠在太平洋彼岸的美國加州大學聖塔芭芭拉校區,除了學校當局在事後舉辦的追悼會外,該校的衝浪社團也在海邊籌辦了一場告別式,超過兩千人透過臉書報名參加,參與的學生們哼唱著歌,把帶來的花圈投到海裡。他們當中有些人著泳衣騎坐在衝浪板上,有些人乘坐大型浮舟,另外有些人則手持花束站在灘頭。這些景象都被拍攝下來放到網路上,短短不到 30 秒的影片背景音樂就是我們例(1)提到的「Somewhere over the Rainbow」這首歌的開頭部分。我當時不經意看到這則視頻後,頗受感動,隨手就寫了此句,除抒發情感外,也在心中默禱—願逝者安息,傷者療傷止痛,這世間不要再發生此等憾事了。

好啦!咱們言歸正傳,撇開感情部分,就例(1)語料而言,要看懂這麼長的句子其實很簡單,首先,找出構成這個句子的基本元素(如果忘了何謂句子的基本元素,莫急,稍稍複習一下第 144 頁的第四章第 2 節就可以了),也就是主詞song、動詞片語 can soothe 與受詞 fear, anxiety, and anger 這三大部分,只要找到這些必要元素,基本上就看懂大意了(歌可以撫慰恐懼、焦慮與憤怒),接下來只是把其餘修飾語補回句子裡的功夫而已。

我們先看主詞部分有哪些修飾語。做主詞的名詞 song 前有定冠詞 The,後面有歌名"Somewhere over the Rainbow"做 song 的同位語,形成「The song "Somewhere over the Rainbow"」(「Somewhere over the Rainbow」這首歌),主詞部分到齊囉!

再看動詞與受詞。動詞部分很單純,只有一個副詞 surely 修飾動詞片語 can soothe;而由對等連接詞 and 連接的三個名詞 fear,anxiety 及 anger 做受詞這一部分,先看到一個定冠詞 the

放在這三個名詞前面，形成「the fear, anxiety, and anger」（恐懼、焦慮與憤怒）這個名詞片語，同學們可千萬不要小看這個定冠詞 the，它無法中譯，卻必須要有，原因無它，因為這個名詞片語後面緊跟到一個由形容詞子句 which were brought about by the killing spree and the shooting rampage 簡化成的形容詞片語 brought about by the killing spree and the shooting rampage（因瘋狂殺人事件引起的...）把它給限制住了，所以這個定冠詞 the 是一定要有的（還不明瞭的同學，請複習第 14 頁的第一章第 2.2 節）。

至於這個形容詞子句為何可以簡化，同學們還記不記得我們在第三章第 3.2.1.1 節（p. 101）介紹過的形容詞子句簡略法則：「當關係代名詞在形容詞子句裡做主詞時，只要後面跟到 be 動詞，我們就可以把做主詞的關係代名詞連同其後的 be 動詞一併刪除，將形容詞子句簡化成形容詞片語。」所以，我們自然可以把這個形容詞子句中做主詞的關係代名詞「which」和其後的 be 動詞「were」一起刪除，子句自然就簡化成片語了。我們來把目前經回復的句子寫出：

(2) The song "Somewhere over the Rainbow" can surely soothe the fear, anxiety, and anger which were brought about by the killing spree and the shooting rampage.
（「Somewhere over the Rainbow」這首歌的確可以撫慰因瘋狂殺人事件引起的恐懼、焦慮與憤怒。）

接下來我們再看 the killing spree（瘋狂殺人）及 the shooting rampage（瘋狂射殺）這兩個名詞片語。它們由對等連接詞 and 連接，做介系詞 by 的受詞。同學們一定要特別留意這兩個名詞片語前的定冠詞 the，它也是無法中譯，卻必須要有的，原因同上，因為 the killing spree 後頭跟了一個也是由形

容詞子句 that happened on the MRT in Taipei 簡化成的形容詞片語 happening on the MRT in Taipei（在台北捷運上發生的...）把它給限制住；而 the shooting rampage 後面也跟了一個由形容詞子句 which took place on the Santa Barbara campus of the University of California 簡化成的形容詞片語 taking place on the Santa Barbara campus of the University of California（在加州大學聖塔芭芭拉校區內發生的...）把它給限制住，所以這兩個名詞片語前一定要有定冠詞 the。

上述兩個形容詞子句之所以能簡化，我們是根據第三章第 3.2.1.2 節規則二（p. 107）所述：「當關係代名詞在形容詞子句裡做主詞時，我們可以把做主詞的關係代名詞刪除，同時把後面跟到的動詞（必須是不含情態助動詞的動詞）改成現在分詞，將形容詞子句簡化成形容詞片語。」由於引導這兩個形容詞子句的關係代名詞「that」與「which」在子句裡都當主詞，而且後面分別跟到的動詞「happened」與「took place」也都不含情態助動詞，所以，這兩個子句自然也就能簡化成片語了。走筆至此，此句的所有修飾語已悉數補回如下句：

(3) The song "Somewhere over the Rainbow" can surely soothe the fear, anxiety, and anger which were brought about by the killing spree that happened on the MRT in Taipei and the shooting rampage which took place on the Santa Barbara campus of the University of California.
（「Somewhere over the Rainbow」這首歌的確可以撫慰在台北捷運上以及在加州大學聖塔芭芭拉校區內發生的瘋狂殺人事件引起的恐懼、焦慮與憤怒。）

一經分析，不就撥雲見日，這句子全看懂了嗎？

2. 豁然開朗

再說第四章第 1 節「前言」裡的另一個例句（p. 144），我們也把它原封不動再次列出如下：

(1) The plantation system, based on tobacco growing in Virginia, North Carolina, and Kentucky, and rice in South Carolina, expanded into lush new cotton lands in Georgia, Alabama, and Mississippi—and needed more slaves.

這句子是摘錄美籍歷史學者 Howard Zinn（1980）所著《A People's History of the United States》書中有關美國內戰前南方的農業發展情形（頁 167）。要看懂此句也不難，當然，還是得先找出構成這個句子的基本元素，也就是主詞 system、動詞片語 expanded and needed 與受詞 slaves 這三大部分（體制擴展，需要奴隸），我們接著再補回修飾語。

主詞 system 的修飾語較多，前面有個由名詞轉做形容詞用的 plantation（大農場）修飾它，再往前有定冠詞 the，說明是「當時」的大農場體制；後面有一個由補述的形容詞子句 which was based on tobacco and rice 簡化成的形容詞片語 based on tobacco and rice（以菸草和稻米為主）來補充說明主詞的耕作內容。此處子句簡化成片語的程序當然是依據第三章第 3.2.1.1 節（p. 101）的簡化法則，就不再贅述。

另外，名詞 tobacco 與 rice 後面都帶有修飾語。先說 tobacco，它後面原先是跟了一個形容詞子句 that grew in Virginia, North Carolina, and Kentucky（在維吉尼亞州、北卡羅萊納州、以及肯塔基州所種植的...），當然，按照第三章第 3.2.1.2 節（p. 107）的簡略法則，它已經被作者簡化成形容詞片語 growing in Virginia, North Carolina, and Kentucky 了；再看 rice，它後面原來也是跟了一個形容詞子句 which grew in South Carolina（在南卡羅萊納州所種植的...），先簡化成形容詞片語 growing in South Carolina 後，因結構與其前的形容詞片語 growing in Virginia, North Carolina, and Kentucky 同，所以作者把 growing in South Carolina 片語中的 growing 一字也省略了。好啦，我們終於可以把主詞部分還原了：「The plantation system, which was based on tobacco that grew in Virginia, North Carolina, and Kentucky, and rice which grew in South Carolina」（這種大農場體制，它是以在維吉尼亞州、北卡羅萊納州、以及肯塔基州所種植的菸草，以及在南卡羅萊納州所種植的稻米為主）。

再看動詞部分。這個句子的動詞有兩個，分別是 expanded 及 needed，由對等連接詞 and 所連接。第一個動詞 expanded 不難找到，它就緊跟在主詞的後面，順著字序由前往後看，應該很快就能看出它是本句的一號動詞。然而，第二個動詞 needed 就較難看出了，因為它和 expanded 有點距離，離主詞更遙遠。同學如果一時沒看出來，也千萬別灰心，只要多閱讀，假以時日，功力定會提升的。

好了，回到話題，找到這兩個動詞後，立馬採分進合擊戰術。先看一號動詞 expanded，它後面先跟了一個副詞片語 into lush new cotton lands（成為新栽的碧綠棉花田），再跟了一個地方副詞 in Georgia, Alabama, and Mississippi（在喬治亞州、阿拉巴馬州、以及密西西比州），共同修飾它。二號動詞 needed 的結構就單純多了，它只接了一個帶有比較級形容詞 more 的名詞 slaves 做受詞（需要更多奴隸）而已，沒有其它修飾語。好了，大功告成，我們來把經還原後的句子列出（中譯也稍做微調，讓它更符合中文語法習慣）：

(2) The plantation system, which was based on tobacco that grew in Virginia, North Carolina, and Kentucky, and rice which grew in South Carolina, expanded into lush new cotton lands in Georgia, Alabama, and Mississippi—and needed more slaves.

（這種大農場，普遍見於種植菸草的維吉尼亞州、北卡羅萊納州、肯塔基州，以及種植稻米的南卡羅萊納州，經擴展後，廣栽棉花於喬治亞州、阿拉巴馬州、以及密西西比州，因此，需要更多的奴隸來幹活。）

經過分析，果真豁然開朗，這句子也看懂啦！

3. 創造自我語言模式

美國語言學家諾姆・杭士基（Avram Noam Chomsky）認為學習語言不應只是單純的重複練習既定的文法、句型而已，語言的學習應該是嫻熟了文法、瞭解了構成句型的「規則」後，透過這些既定文法及句型規則，不斷創新、發展出自己的語言模式出來。有語言界「聖經」美名的《Language File》一書（2007），在卷首第一章第 1.1.2 節裡列出了幾條有關人們使用語言時，令世人大感訝異的事實，其中有一條便提到：「你聽到的和你所說的句子，大部分都是前所未聞的、未說過的。（Most sentences that you hear and utter are novel; they have never been uttered before.）」（頁3-4），這跟杭士基的看法不謀而合。所以，我由衷希望同學們在熟讀此書後，除了閱讀能力大幅提升外，還能大膽發揮創意，依據規則，創造出自己的說話（或寫作）模式，如此，便達到作者寫此書的目的了。

國家圖書館出版品預行編目資料

英語句型結構 English Sentence Patterns／
張善營著. —初版.—臺中市:白象文化事業有限
公司,2022.8
　　面; 公分
ISBN 978-626-7151-41-9(平裝)
1.CST: 英語 2.CST: 句法
805.169　　　　　　　　　111008774

英語句型結構 English Sentence Patterns

作　者　張善營
校　對　張善營
發 行 人　張輝潭
出版發行　白象文化事業有限公司
　　　　　412台中市大里區科技路1號8樓之2(台中軟體園區)
　　　　　出版專線:(04)2496-5995　　傳真:(04)2496-9901
　　　　　401台中市東區和平街228巷44號(經銷部)
　　　　　購書專線:(04)2220-8589　　傳真:(04)2220-8505
專案主編　黃麗穎
出版編印　林榮威、陳逸儒、黃麗穎、水邊、陳婷婷、李婕
設計創意　張禮南、何佳諠
經紀企劃　張輝潭、徐錦淳、廖書湘
經銷推廣　李莉吟、莊博亞、劉育姍、林政泓
行銷宣傳　黃姿虹、沈若瑜
營運管理　林金郎、曾千熏
印　　刷　百通科技股份有限公司
初版一刷　2022 年 8 月
初版二刷　2022 年 8 月
定　　價　420 元

白象文化　印書小舖 PressStore出版發行　出版 · 經銷 · 宣傳 · 設計
www.ElephantWhite.com.tw　f 自費出版的領導者　購書 白象文化生活館